国际大奖小说

LO STRALISCO

光 草

[意] 罗伯托·普密尼 / 著
[意] 切科·马利尼洛 / 绘
倪安宇 / 译

天津出版传媒集团
新蕾出版社

图书在版编目 (CIP) 数据

光草/(意)普密尼著;(意)马利尼洛绘;倪安宇译.
—天津:新蕾出版社,2013.1(2024.3 重印)
(国际大奖小说)
ISBN 978-7-5307-5574-7

Ⅰ.①光…
Ⅱ.①普…②马…③倪…
Ⅲ.①儿童文学-中篇小说-意大利-现代
Ⅳ.①I546.84
中国版本图书馆 CIP 数据核字(2012)第 177648 号
ⓒ 1993 Edizioni EL – via J. Ressel, 5 – San Dorligo della Valle (TS) – Italia
Published by arrangement with Atlantyca S.p.A.
Original Title:Lo Stralisco
Text by Roberto Piumini
Original cover and insert by Cecco Mariniello
No part of this book may be stored, reproduced or transmitted in any form or
by any means, electronic or mechanical, including photocopying, recording, or
by any information storage and retrieval system, without written permission
from the copyright holder. For information address Atlantyca S.p.A., via
Leopardi, 8 – 20123 Milano Italia; foreignrights@atlantyca.it – www.atlantyca.com
Simplified Chinese translation copyright ⓒ 2012 by New Buds Publishing
House (Tianjin) Limited Company
ALL RIGHTS RESERVED
本书中文译稿由台湾天下远见出版股份有限公司授权使用
津图登字:02-2012-23

出版发行 天津出版传媒集团
　　　　　新蕾出版社
http://www.newbuds.com.cn
地　　址:天津市和平区西康路 35 号(300051)
出 版 人:马玉秀
电　　话:总编办(022)23332422
　　　　　发行部(022)23332351　23332679
传　　真:(022)23332422
经　　销:全国新华书店
印　　刷:天津新华印务有限公司
开　　本:880mm×1230mm　1/32
字　　数:73 千字
印　　张:4.75
版　　次:2013 年 1 月第 1 版　2024 年 3 月第 20 次印刷
定　　价:25.00 元

著作权所有,请勿擅用本书制作各类出版物,违者必究。
如发现印、装质量问题,影响阅读,请与本社发行部联系调换。
地址:天津市和平区西康路 35 号
　电话:(022)23332677　邮编:300051

献 给 我 的 儿 子 米 克 雷

他让我认识了爱

前言

LO STRALISCO

国际大奖小说

一辈子的书

梅子涵

亲近文学

一个希望优秀的人，是应该亲近文学的。亲近文学的方式当然就是阅读。阅读那些经典和杰作，在故事和语言间得到和世俗不一样的气息，优雅的心情和感觉在这同时也就滋生出来；还有很多的智慧和见解，是你在受教育的课堂上和别的书里难以如此生动和有趣地看见的。慢慢地，慢慢地，这阅读就使你有了格调，有了不平庸的眼睛。其实谁不知道，十有八九你是不可能成为一个文学家的，而是当了电脑工程师、建筑设计师……可是亲近文学怎么就是为了要成为文学家，成为一个写小说的人呢？文学是抚摸所有人的灵魂的，如果真有一种叫作"灵魂"的东西的话。文学是这样的一盏灯，只要你亲近过它，那么不管你是在怎样的境遇里，每天从事

光草

国际大奖小说

怎样的职业和怎样地操持,是设计房子还是打制家具,它都会无声无息地照亮你,使你可能为一个城市、一个家庭的房间又添置了经典,添置了可以供世代的人去欣赏和享受的美,而不是才过了几年,人们已经在说,哎哟,好难看哟!

谁会不想要这样的一盏灯呢?

阅读优秀

文学是很丰富的,各种各样。但是它又的确分成优秀和平庸。我们哪怕可以活上三百岁,有很充裕的时间,还是有理由只阅读优秀的,而拒绝平庸的。所以一代一代年长的人总是劝说年轻的人:"阅读经典!"这是他们的前人告诉他们的,他们也有了深切的体会,所以再来告诉他们的后代。

这是人类的生命关怀。

美国诗人惠特曼有一首诗:《有一个孩子向前走去》。诗里说:

有一个孩子每天向前走去,
他看见最初的东西,他就变成那东西,
那东西就变成了他的一部分……
如果是早开的紫丁香,那么它会变成这个孩子的一

光 草

✦ LO STRALISCO

部分；如果是杂乱的野草，那么它也会变成这个孩子的一部分。

我们都想看见一个孩子一步步地走进经典里去，走进优秀。

优秀和经典的书，不是只有那些很久年代以前的才是，只是安徒生，只是托尔斯泰，只是鲁迅；当代也有不少。只不过是我们不知道，所以没有告诉你；你的父母不知道，所以没有告诉你；你的老师可能也不知道，所以也没有告诉你。我们都已经看见了这种"不知道"所造成的阅读的稀少了。我们很焦急，所以我们总是非常热心地对你们说，它们在哪里，是什么书名，在哪儿可以买到。我就好想为你们开一张大书单，可以供你们去寻找、得到。像英国作家斯蒂文生写的那个李利一样，每天快要天黑的时候，他就拿着提灯和梯子走过来，在每一家的门口，把街灯点亮。我们也想当一个点灯的人，让你们在光亮中可以看见，看见那一本本被奇特地写出来的书，夜晚梦见里面的故事，白天的时候也必然想起和流连。一个孩子一天天地向前走去，长大了，很有知识，很有技能，还善良和有诗意，语言斯文……

同样是长大，那会多么不一样！

 3 光草

自己的书

　　优秀的文学书,也有不同。有很多是写给成年人的,也有专门写给孩子和青少年的。专门为孩子和青少年写文学书,不是从古就有的,而是历史不长。可是已经写出来的足以称得上琳琅和灿烂了。它可以算作是这二三百年来我们的文学里最值得炫耀的事情之一,几乎任何一本统计世纪文学成就的大书里都不会忘记写上这一笔,而且写上一个个具体的灿烂书名。

　　它们是我们自己的书。合乎年纪,合乎趣味,快活地笑或是严肃地思考,都是立在敬重我们生命的角度,不假冒天真,也不故意深刻。

　　它们是长大的人一生忘记不了的书,长大以后,他们才知道,原来这样的书,这些书里的故事和美妙,在长大之后读的文学书里再难遇见,可是因为他们读过了,所以没有遗憾。他们会这样劝说:"读一读吧,要不会遗憾的。"

　　我们不要像安徒生写的那棵小枞树,老急着长大,老以为自己已经长大,不理睬照射它的那么温暖的太阳光和充分的新鲜空气,连飞翔过去的小鸟,和早晨与晚间飘过去的红云也一点儿都不感兴趣,老想着我长大

光草　4

✫ LO STRALISCO

了,我长大了。

"请你跟我们一道享受你的生活吧!"太阳光说。

"请你在自由中享受你新鲜的青春吧!"空气说。

"请你尽情地阅读属于你的年龄的文学书吧!"梅子涵说。

现在的这些"国际大奖小说"就是这样的书。

它们真是非常好,读完了,放进你自己的书架,你永远也不会抽离的。

很多年后,你当父亲、母亲了,你会对儿子、女儿说:"读一读它们,我的孩子!"

你还会当爷爷、奶奶、外公和外婆,你会对孙辈们说:"读一读它们吧,我都珍藏了一辈子了!"

一辈子的书。

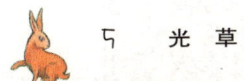

光草
LO STRALISCO
目录

第一章　画家萨库玛……………………1

第二章　特殊的委托……………………3

第三章　马杜勒……………………12

第四章　我要画什么?……………………18

第五章　约定……………………28

第六章　山的出现……………………34

第七章　平原与大海……………………45

第八章　老虎兹号……………………53

第九章　病发……………………… 63

第十章　成长的草原……………… 69

第十一章　光草…………………… 78

第十二章　再次病发……………… 84

第十三章　新的风景，新的生命… 93

第十四章　最后一条海平线……… 103

第十五章　幸福的疲倦…………… 116

第十六章　尾声…………………… 124

✦ LO STRALISCO

第一章

画家萨库玛

萨库玛是个画家,住在土耳其的马拉提亚城。他不年轻了,但也不算太老,刚好是通情达理、能与别人和睦相处的年纪。

马拉提亚城是个多石的山谷,景色并不特殊,但萨库玛却能画出一幅幅优美的风景画。他笔下的景物与色彩浑然天成、栩栩如生,他是一位杰出的创作者。许多富有的牧场主、马贩或布商都会聘请萨库玛到家中为某个角落或拱门作画,不然就请他在窗台上画出色彩缤纷的花朵,为屋内引入更多的阳光。就算没有人请他作画,萨

光 草

库玛也从不停歇,因为画笔就是他的手指,每一笔都倾注了他满腔的热情。

　　他描绘的那些美景,究竟在哪里,恐怕连他自己也不知道。说不定根本就不存在于现实之中,也不存在于任何人的梦境里。可是,画面看起来却又宛如真实的大地,伸手就触摸得到,还能隐隐闻到一阵那土地的芬芳。注视久了,仿佛身体都要穿过画布跑进画里,徜徉在那片充满平和的彩色空间之中。

✡ LO STRALISCO

第二章

特殊的委托

一天,一个身材高大、头戴北方山谷居民常戴的短头巾的人,来敲萨库玛家的门。

"您是画家萨库玛吗?"

"我是。请问您是哪位?找我有什么事吗?"

"我叫昆迪,是纳克图玛的领主葛努安的总管。我奉命来请您北上到我们山谷里的宅第,他想要委托您一件工作。"

萨库玛从未去过北方山谷,只听说那里地势险峻,而且非常偏远,所以他回答自己很忙,婉言谢绝了对方

 光草

国际大奖小说

的邀请。

"我的领主葛努安,"那位总管说,"担心您旅途辛劳,特意送您一匹骏马,已经跟着我的马一起来了。他要我向您转达,委托您的工作意义非凡,酬劳也非常优厚。"

萨库玛看着总管身后那匹踢蹬的骏马,认真地考虑起来。倒不是因为领主的慷慨,也不是为了对方允诺的报酬,而是他很好奇,为什么这样一位有权有势的领主,会用如此体贴、诚恳的方式邀约一位素未谋面的平民画家。

萨库玛没有再拒绝,不过,他告诉昆迪自己不能接受那匹骏马,因为他原本就有一匹,虽已年迈,但还可以应付长途旅行。他请昆迪给他一天的时间准备,并向朋友们道别。

第二天,萨库玛让领主原本要送给他的那匹马运载画具,自己则骑上家中的老马,让它在生命的尾声还能

光草 4

✦ LO STRALISCO

到城外平静地吃吃草。

　　这支两个人组成的迷你队伍通过北边的缓坡后,慢慢远离了马拉提亚盆地,开始往辽阔的北方山谷移动。等到身后的马拉提亚城消失在视线之外,他们也已经走入荒山野岭。在一片灰暗的石堆中,只有几棵枯木静静矗立着,仿佛是战败的哨兵依然忠实守护着已毁灭的森林。马匹走近时,棕褐色的蜥蜴飞蹿到岩石上奔逃。罕见的老鹰在空中盘旋,光是影子就吓坏了地面上那几只野山羊。

　　他们走了一整天,夕阳西下后,萨库玛和他的向导来到一处宽阔的台地边缘,周围环绕着一圈深灰色的岩石,仿佛是座飘浮在空中的山谷。不过,眼前的景观完全改变了:下方的土地不再贫瘠,有草地,甚至还有小小的葡萄园。簇拥在遥远台地中央的是一个白色石头建造的小村庄,独享着村后一片杉木林的清凉,那是上天的馈赠。在村庄与树林之间,耸立着一座洁白、偌大的宅第,

光草

✦ LO STRALISCO

规模和马拉提亚城最大的建筑物差不多,不,可能还要更大。

走过田地,穿过村庄,萨库玛跟着昆迪走进那座宅第。宅第内宁静的气氛、黄金装饰的杉木门扉,还有奴仆身上的珍珠色丝绒制服,都让他惊叹不已。

萨库玛被带到一个凉爽而宽敞的房间,这里面向村庄,打开窗户,可以尽览高原上堪称富庶的盆地,以及周围的群山。

有人通报纳克图玛的领主来了。走进来的是一名高大的男子,看起来和萨库玛的年纪差不多,但一头短发几乎全白了。他的脸上蓄着浓密的黑胡子,仿佛春天播种的小麦,毛茸茸的。

"欢迎来到我的领土,我的家。"领主说,"谢谢你在我总管的坚持下让步,接受了邀请。我本应当个好主人,让你今晚好好儿休息,明天早上再来打扰你。但焦虑在我心中翻腾不已,我想要请你帮忙的事,就像一匹年轻

力壮的马,让我片刻不得安宁。而你的答案就是牧草,如果我不喂它,我想它会在我胸口奔腾一整夜的。"

萨库玛微笑着,微微屈身。

"领主大人,您的待客之道无懈可击。"他说,"而您的问题,一定会得到我最真诚的答案。如果我无法立刻回复,今天晚上也可以好好儿思索。领主大人,现在请告诉我您的委托吧!因为刚才您的一番话,和我以往承接的工作不同,让我也不免有些好奇。"

领主也笑了,在房间里的大地毯上坐下。萨库玛也在他对面坐下。

"我有个独生子,名叫马杜勒,年纪还很小。"领主缓缓地说,"他得了一种怪病,只要接触到阳光或尘埃,身体就不对劲,他的眼睛会肿,呼吸会喘,皮肤会长疹、甚至溃烂。他不能到户外去,像仆人的孩子那样在宅第的花园里奔跑玩耍。不仅如此,他也不能住在这样的房间里,因为大量的光线和山风会从窗户透进来。全土耳其

☆ LO STRALISCO

的医生,只要自诩懂科学的、学识丰富的,我都找过了。一个比一个优秀的他们,都告诉我这是一种不治之症。有位医生说以前在其他地方也有过类似的病例;也有医生说我儿子的身体吸收了空气中的有害物质,而阳光会让毒性加剧。但这些有害物质究竟是什么?要如何才能保护我的儿子?却没有一位医生知道。每位医生都建议我,要让马杜勒待在宅第最里面、最能受到保护的地方,他只能呼吸经过层层浸湿的纱布过滤的空气,不能开窗,阳光只能透过天窗照进来,他绝对不能受到阳光的直接照射。我照办了,所以从他发病这五年多以来,他没有离开过这个家,也不能透过一扇窗眺望山谷或享受阳光。他的房间内不能摆放任何花草,就连装饰用的葡萄藤也不行,因为土壤、花粉,甚至植物都会危害他的健康。"

领主说话时一直注视着萨库玛的眼睛,但说到这里,他突然低下头,沉默了许久。萨库玛也静静等待着。

国际大奖小说

终于,葛努安抬起头继续说:"所以,我才想用绘画和色彩来装饰我儿子的房间。我从一些路过的商人和猎人口中得知你的非凡技艺,因此才派人大老远把你请过来。你一定会满意我的招待与酬劳的,请你答应我的请求吧!"

领主深深吸了一口气,再次注视着萨库玛的眼睛。他结实黝黑的右手紧紧握住镶有金属扣环的皮带,仿佛手中抓着一条失控马儿的缰绳。

"领主大人,我可以请教您一个问题吗?"画家问道。

"我洗耳恭听,只要是我知道的,我一定回答。"领主说。

"您希望我在您儿子的房间里画些什么呢?"

"关于这点,我还没有认真想过,准确地说,"领主说,"这要由你的艺术与创意来决定。"

"还有一个问题。您儿子的心情如何?对一个孩子来说,这样的遭遇是否让他很不快乐?他是否像没有阳光

LO STRALISCO

照射的植物一样,表情和身体也都枯萎了呢?"

领主的眼睛微闭了片刻,握着皮带的手也放松了许多。

"我的朋友,这个问题我就不回答了。"他说,"不是我不想回答,而是做父亲说的话实在不值得参考,你听了难免会认为这其中多少有夸大与不实的偏爱成分。不过,如果我没有会错意的话,你似乎已经接受了我的请求。就让我儿子的心灵直接告诉你答案吧!请你亲自去确认。"

国际大奖小说

第三章

马杜勒

马杜勒的确是个苍白的孩子,但并没有不快乐。虽然快要十一岁了,但长期生活在室内,使他的身体发育减缓,所以外表看起来大概只有九岁。不过,他并没有显现出弱不禁风的模样。他的面容清秀可爱,深色的眼眸炯炯有神,还有一头浓密的黑发,只是脸色不太好。他穿着色彩鲜艳的刺绣亚麻长衫,那是负责照顾他、维持他房间一尘不染的老侍女们的杰作。

领主带着萨库玛来到马杜勒的房间。少年吻了父亲的手,微微屈身向陌生人致意后,好奇地看了萨库玛一

☆ LO STRALISCO

眼。

"马杜勒,"领主握着儿子的手,"我答应过要送你一样十一岁的生日礼物,让你大吃一惊。等待让喜悦加倍,你的生日就快到了。我身边的这位先生是萨库玛,他是一位很棒的画家,住在南方的马拉提亚城。我请他来为你的房间作画。他带来很多画笔和颜料,他的手有如魔术师般神奇。他刚刚接受了我的请求,所以你将有幸看到他作画,而他的画会让你的房间变得更美丽。"

马杜勒又看看萨库玛,这次的时间比较长。然后,他又亲吻了父亲的手,开口说:"父亲,我要告诉您两件事:第一件,这阵子,我一直在想您答应要送我的礼物。我以为您会带库比卡的琴师来,他在村庄街头弹琴,老远就可以听到他悠扬的琴声。可能是您当时的眼神让我有这样的联想,因为您说到会有惊喜的时候,抬头看了看房间的墙壁。我当时以为您想到了村庄,还有那一刻传来的琴声,但原来您想的是画。父亲,我已经幻想着自己坐

13　光草

国际大奖小说

在琴师面前聆听音乐,并和所有的孩子一样缠着他一弹再弹。但那并不是您准备的礼物,照理说我现在应该觉得难过。不过,父亲,第二件事就是,我完全不难过,因为我从来没有想过可以在这个房间里画画。这个礼物完全出乎意料,相比之下,库比卡的琴师就像木偶一样无趣。谢谢您,父亲,也谢谢这位和您一同前来的先生。你们带来的礼物实在太美妙了,我忍不住要欢呼狂奔啦!"

说到这里,马杜勒匆匆地第三次亲吻了父亲的手。两位大人还来不及说话,他已经沿着墙壁快乐地奔跑,在房间跑进跑出,一边笑,一边翻跟头,就像一条快乐的小狗。

葛努安轻抚了一下手上被儿子亲吻过的地方,露出了微笑。

"我的朋友,这就是你问题的答案。"领主说,"我真心感谢造物主赐给我这个儿子,就算要换给我一个拥有天使翅膀的儿子,我也不要。现在你应该了解,为什么我

光草 14

✦ LO STRALISCO

坚持要把你请来,看,他的快乐多么美好。我先告辞了,该是你们互相了解的时候。萨库玛,从现在起,只要是我能做到的,你的要求我都会满足。"

领主离开后,马杜勒继续开心地狂奔,仿佛要把他的喜悦传递到房间的每个角落。萨库玛站在那儿等待着,目光则追随着马杜勒,就像驯马师看着幼驹在栅栏内尽情奔跑,感觉又惊又喜。偶尔马杜勒会消失在他的视线之外,他便迅速打量起房间内那些洁白的墙面,想象着各种图案与色彩。不过在他的脑海中,墙面却始终是一片洁白。或许这片空白比他的想象更有力量,让他所有的灵感都消失无踪。

萨库玛有些不安,同时他发现马杜勒的欢呼声停止了。他等待领主儿子从通往内室的巨大拱门下跑出来,可是,房间里安静无声,仿佛墙面的洁白是寂静的颜色。

萨库玛抻长脖子往拱门方向探看,没看到半个人影,但就在这时,他瞥见一绺黑发消失在一面突出的墙

15 光草

后。他连忙贴着墙站,等待着,听到距离他数公尺的地方有微微的喘息声。萨库玛一动不动,那绺黑发又小心翼翼地冒了出来,黑发下是马杜勒喜悦的脸庞。

"我在这里!"画家出其不意地向外踏了一步。

马杜勒吓得惊叫一声,然后大笑着跑过拱门,从第二个房间跑到第三个。萨库玛从容地跟了过去,踏进最里面的那个房间,这个房间和其他两个一样的完美无瑕。

马杜勒躲在右边突出的半圆形墙面的阴影下,头顶上方正好是一大片天窗,阳光从那里透过层层的纱布洒下来。

"我知道你躲在哪里……"萨库玛一边说,一边故意转过身去,远离马杜勒的藏身处。他听见少年在他身后急促的呼吸声与轻笑声。

"马杜勒,我要来抓你喽……你一定是躲在那个陶瓮后面。"萨库玛煞有介事地往半满的陶瓮走去,背对着

✿ LO STRALISCO

少年真正的藏身之处。

他听到马杜勒喘着气、踏着轻快的脚步跑出这个房间,回到第二个房间躲藏的声音。

"哦,不在这里,你可真会躲啊!"画家假装很失望。

默数了一下少年应该有足够的时间躲起来之后,萨库玛才慢慢地跟了过去。

国际大奖小说

第四章

我要画什么?

接下来的几天,萨库玛和马杜勒就在游戏和谈天中度过。

"萨库玛,你想画什么呢?"少年问。

"我还不知道。我很努力地想,可是脑海就像这个房间的墙面一样,一片空白。"

"你会画吧?"

"当然,马杜勒。但我们两个要先谈谈,好决定要画些什么。"

他们两个一起玩了很多游戏,有时就在三个房间里

光草

✦ LO STRALISCO

四处游走。室内除了马杜勒的床、一个矮长的书柜,就只有一张小桌子。他们坐在那里下棋。

马杜勒是个下棋高手。他们下第一盘的时候,萨库玛就知道这孩子比自己厉害得多。他每下一步棋都要思索许久,而少年却总是能够轻而易举地快速回应。他们两个专心下棋时,那些老侍女就安静地在房间里进进出出,忙着换床单和窗帘,清扫每一个角落,而且每天都要更换过滤空气和阳光的纱布。

"你希望环绕在身边的是什么?"萨库玛问,"你的眼睛渴望看到什么?"

"想看的东西太多了,让我有点儿困惑……父亲送了我将近一百本书,有很多本是彩色的,里面每一幅画我都仔细地看过至少十次以上。从这些画中,我看到世界上美丽的景物:海洋、山峦、辽阔的绿色草原和波光粼粼的湖泊。我知道遥远国度里树木的模样,住在遥远国度穿着奇装异服的人,还有各式各样的动物。所有的画

19 光草

都很美,我都非常喜欢,萨库玛,它们在我心里都一样重要,我没办法选择……"

两个人沉默了一会儿。

"或许不需要选择,我的朋友。"画家说,"只需要把你想要的和渴望见到的东西整理出来就行了。"

"什么意思?"

画家再度沉默,用手抚摸着脸颊。来到纳克图玛之后,他开始蓄胡子,粗硬的花白胡子如今已布满了双颊。

"马杜勒,这个房间的墙面很大,"他说,"如果你愿意的话,我可以画上大海、高山、湖泊……我可以画出很多你看过的画。不过你得告诉我,你看到了什么,你喜欢什么。你得带我在你的脑海里旅行,然后我们再决定要画些什么。我会帮你的。"

从那天起,马杜勒开始叙述。他本来要萨库玛和他一起看书中的插画,但萨库玛宁可听他自己的表达。于是,马杜勒开始描述高山、峡谷、布满果园的丘陵、茂密

☆ LO STRALISCO

的森林与农田、有着红白屋顶的村庄、人来人往的热闹街道,以及两旁随风摇曳的高大树木。

只不过马杜勒把书里看到的图像,和他听侍女或父亲说的故事,以及自己想象的风景混在一起了。

"我真的很喜欢海。"有一天,少年这么说道,"每次一想到湛蓝的大海,我的心里就涌出一股喜悦,填满整个胸膛。"

萨库玛专心聆听,偶尔会发问,或者进一步了解细节。

"马杜勒,现在我知道要画什么了,"过了一会儿,他说,"不过,我们得先做一个决定才行。"

"什么决定?"

"我的朋友,我们脑海中已经有山和海了……但这些都很庞大,如果全部都画在一面墙上,就只能画小小的海和小得可怜的山,这不过是糟蹋我们的眼睛。你看,我建议用这个房间的四面墙作画,这样空间大,我们才

国际大奖小说

会有更辽阔的视野。"

"当然好!"马杜勒欢呼,"我们何不干脆……"他说到一半突然停下来。

"没关系,继续说。"萨库玛鼓励他。

"我担心我要的会超出你的负担。"

"马杜勒,尽管说吧!聆听并不是负担。至于其他的,等我听过之后再说。"

"我在想……既然你说得对,我们为什么不在我所有房间的墙面上作画呢?就好像放眼望去都是广阔无边的蓝天。你懂我的意思吗?这样就可以画得更大、画得更多……"

萨库玛摸着脸上的花白胡子,想了一会儿。

"这个想法很不错。反正我们不急着完成,对吧?"

少年微笑着,没有说话。

"既然这样,我们得好好儿计划,拟定步骤。"萨库玛说。

光草 77

✦ LO STRALISCO

"我不懂你说的步骤是什么。"

"马杜勒,"画家说,"我们要画出全世界,就得按照世界运行的逻辑,要用自然的方法一个个地画,不能混淆,不能像书页那样被风吹乱或撕破。这样一来,你在观看时,才会像正常的游人一样,从一片风景进入另一片风景,不会显得突兀。"

马杜勒安静地沉思许久,然后说:"萨库玛,有时候我会做梦,在梦里所有的图像都混杂在一起,一个和另一个重叠后不断变形……"

萨库玛问:"那你想画梦里的影像吗?"

马杜勒又沉默了片刻,然后微笑着回答:"不,我们画真实的世界。做梦我自己就会了。"

于是,他们逐步探索房间的所有墙面,仿佛那是宇宙,然后开始构思,分配画面。

"这里画一大片草地,到处绽放芬芳的花朵……"

"好,萨库玛!就像故事中牧羊人穆特的那片草原!"

光草

✰ LO STRALISCO

"那把牧羊人穆特的小屋也画进去。小小的屋子,还有他的粉红色羊群……他的羊是粉红色的,对吗?"

"对。萨库玛,你可以把那条瘸腿的狗也画进去吗?"

"当然。"

"它是条好狗!但……距离这么远,怎么看得出它的腿瘸了?"

"大概看不出来吧!但我们能看到一条狗,而且知道它是牧羊人穆特的瘸腿狗。"

"那这边是山喽?"

"对,山脚下会有个村庄。我们要画大村庄还是小村庄?"

"不要太小,但也不要太大,太大了会占用太多空间。"

"空间够的。那我们就画个大小适中的村庄,还可以画尖塔。"

"尖塔上要画报时的僧人吗?"

"当然要。没有僧人,就不能算是尖塔了。就画个鼻

光草

子长长的小僧人吧。"

"虽然很小,但我们知道他的鼻子很长!"

"在村庄与山壁之间,要加进一座森林,里面住着很多狐狸和熊。"

"太好了!可是,萨库玛……"

"怎么了,我的朋友?"

"我突然想到,你刚才说要画真实的世界就不能突兀。"

"对啊。"

"所以,萨库玛,你看,这面墙到这里就没有了,转角过去就是另一面墙了!"

"我看到了,马杜勒。"画家微笑着。

"所以在这里,画面会突然改变,就好像草地或高山在空中突然转了个弯,然后消失不见……或者大海忽然间失去了踪影。你明白我的意思吗?"

"我明白,但这是没有办法的事。"

✦ LO STRALISCO

"为什么?这些墙角阻碍我们的工作!我要请父亲把这些墙角弄圆,那么这里的画面就会变得柔和,高山可以缓缓转向,就像行进中的游人亲眼见到的风景,天空不会突然出现,海洋也不会突然消失。萨库玛,这样不是更好吗?"

"是啊,但是,马杜勒,领主大人会同意把所有的墙角都弄圆吗?"

"他当然会同意,因为我们的想法是对的。"

第五章

约　定

所有的墙角都被弄圆了。马杜勒与萨库玛眼前的墙面，展开成一个毫无阻隔的空间。

当仆人忙着室内工程的时候，领主请萨库玛过去，对他说："我千里迢迢请你来，是为了送儿子一个与众不同的礼物……但现在我发现，这是个神奇的礼物。我承认，过了这么多天，看到墙面上还没有画出任何东西，身为父亲的我，曾经不止一次地问自己：'他该不会是个浪得虚名、贪图厚礼，还欺骗我儿子感情的家伙吧？'我为自己的猜疑向你致歉，我只是担心马杜勒会失望难过。

✱ LO STRALISCO

这种担忧在我的脑海中挥之不去，就像伤口在不断淌血，让人心情低落。"

"领主大人，那为什么您现在又说这份礼物是神奇的呢？"萨库玛平静地说，"到今天为止，墙上依然没有出现任何画面啊！不过既然您坦诚相对，我也老实告诉您吧！刚开始几天，我的脑海里确实一片空白，仿佛这辈子从来不曾拿过画笔，或赞叹、描绘过一朵花。一天夜里，那空白让我感到非常不安，甚至决定要放弃这份委托，隔天清晨就离开贵府。这是月初的事情。"

"嗯，"葛努安点点头，"现在我知道你和我儿子的脑海里充满了各种美妙的画面和影像，即使只完成你们想象的十分之一，也必定是令人惊艳的作品。"

领主带着雀跃的心情，微笑沉默片刻后又说："我经常悄悄到马杜勒的房间，远远地看着你们，听你们讲话，看你们在墙边比划着未来要画的图像……现在我儿子只专注在和你一起构思画面的乐趣当中，大概也没空理

光 草

国际大奖小说

会他的父亲吧!别以为我会因此难过,其实我非常开心,我从来没见过马杜勒这么朝气蓬勃、这么快乐。他一直是个热情开朗的孩子,而他现在看起来十分享受这种美妙的互动。他散发出来的喜悦,不知怎么回事,又感染了他自己,让他更快乐……总之,我也学会了参与你们的游戏,我很佩服你的谨慎细心与睿智的好奇心。"

葛努安说完,替萨库玛倒茶。他们注视着对方的眼睛喝茶。这是土耳其的风俗,不需言语,就能表达对对方的敬重与景仰,同时也表示自己无所畏惧或让别人感到畏惧。

"我的朋友,"领主放下名贵的茶杯,神情严肃地说,"我现在知道你的游戏规模很大,远比我们预估的时间更长、工作更辛苦。我希望你能继续下去,但也不免担心:'家乡会不会有其他工作或承诺在等着萨库玛?会不会有他渴望见到、爱他的人在等他回去?'一想到这些,我就开始焦虑。你知道,我亲爱的朋友,我很感激你现在

光草 30

✦ LO STRALISCO

所做的,这远远超出了我原来的期望……但如果有事情重要到让你必须匆促结束你的工作,或在作品完成前中途离开,那我宁愿你不要开始。这样虽然痛苦,但我一定能找到适当的理由,在适当的时机告诉我儿子,让他接受这个事实。孩子毕竟是孩子,最多难过几天。而你的酬劳仍然比照留在我家工作一年的待遇……但如果你有充足的时间,能够完成这项工作,那么我谦卑地、衷心地请求你留下来。如果你有家人或心爱的人,我可以派人去将他们接来,然后在树林旁为你盖一栋清凉舒适的小庄园,派五个仆人和三个侍女照顾你们的生活。想去哪里,这里的马匹都可以任意骑乘。等工作完成后,我所支付的酬劳,将让你享用不尽。"

萨库玛没有立刻回答。他的胡子已经遮住了双颊和下巴,抚摸胡子成为他说话前或说话时的习惯动作。

"领主大人,我也发现游戏的规模愈来愈大了。"画家说,"要完成这项工作,我得比从阿拉丁神灯跑出来的

那个巨人更勤快。不过,我也爱上了这个游戏,面对这项工作,我就像口渴的人被清凉的涌泉所深深吸引。我在马拉提亚城没有心爱的人,也没有家人,即使我不在,我的朋友也会记得我,他们也知道我不会忘记他们。至于您承诺我的财富,我要说的是,一个画家只有一张嘴可以吃东西,一个肚子需要填饱。一个长时间看着土地、树木、天光变幻的人,不需要其他的财富。不过,我倒是有一事相求。"

"请说。"领主微微倾身向前。

"我觉得您为我准备的华丽房间对我毫无用处。其实我很少待在那里,因为与马杜勒谈话和相处已经用掉一整天的时间。而且那间房的视野虽然美不胜收,却扰乱了我脑海中与马杜勒共同构筑的世界。所以,我请求您在马杜勒的房间里为我准备一张毯子,好让我和他像挚友一样,共度每一刻时光。如此,我就不会错过他清晨时分所说的梦话,毕竟梦的记忆瞬间即逝;也不会错过傍

光草 32

✡ LO STRALISCO

晚时分与他的交谈,那是平静与智慧交叠的时刻。"

领主微笑地点了三次头,表示完全同意。

这就是纳克图玛的领主大人葛努安和画家萨库玛之间的约定。而这时的马杜勒在依然空白的房间里,斜倚着靠垫,用渴望和雀跃的眼神凝视着四周的墙壁。

国际大奖小说

第六章

山 的 出 现

经过层层保护和阻隔的马杜勒的房间,一共由三间大小、格局差不多的房间组成。从天窗透过雪白纱布洒下的阳光充足而均匀,像冒着气泡的牛奶填满了所有空间。

第一个房间的拱门是通往宅第的唯一通道,那里共架起三层纱布,每层间隔一步宽,好隔绝外面的空气。三个房间之间没有布帘,只有宽阔的方形出入口,不过就连这些出入口的边角,领主也已经让人磨圆了。

三个房间加起来的面积非常宽广,马杜勒绕行一周

光草 34

☆ LO STRALISCO

丈量,大约走了一百步。他的床放在第一个房间的中央,那里和其他房间一样,有几件珍贵木材制成的家具,散置在明亮的空间里。距离马杜勒床铺几步远的地方,还有个象牙质地的矮书柜,摆满了书和玩具。萨库玛请人把他的床放在这个书柜旁边。白天,在萨库玛的床上堆几个丝绸靠垫,便是两个好朋友观望与游戏的地方。

葛努安每天会到第一个房间三次,和儿子聊天、玩耍,还会到第二个房间两次,与马杜勒、萨库玛一起用餐,仆人会将餐点摆在一张矮桌上送进来。

"马杜勒,我们要从哪里开始呢?"经过几天的计划和讨论,一天早上,画家问道。

"萨库玛,我们真的准备好了吗?"少年问。

"你看,我们有这么多画笔和颜料。你父亲还买了从波斯运来的珍贵油彩和粉彩。"

"萨库玛,我说的不是这个,我想问的是……我们确定要画什么了吗?"

35　光草

✦ LO STRALISCO

"我们已经有一些想法了。"

"对,我知道。但我们不能画错。"

"为什么?"

"因为如果画错的话……我就得一直面对它了。"

萨库玛举起一只手说:"马杜勒,画错也没有关系,重要的是睁大眼睛,及时发现错误。画错的形状可以用其他形状代替,画错的颜色也可以用别的颜色覆盖。但我们必须现在就开始,如果不开始,就永远也不会有对与错。"

"好,"少年说,"你说得对。"

"我们要从哪里开始呢?先画哪一面墙?"

"这面。不对……那面!还是……萨库玛,你看,都还没开始,我就已经犯错了!"

"马杜勒,未曾开始的事没有所谓的对与错,你只是在做决定。做决定通常是最困难的,但是你办得到。"

萨库玛静静地等待。少年的神情很认真。

37 光草

国际大奖小说

"那就从这面墙开始,"他说,"从入口右边的墙面开始。"

"好。那要画什么呢?"

又是一阵沉默。

马杜勒舔舔嘴唇,深吸了一口气,双眼睁得大大的。萨库玛将双手放在面前的一个靠垫上。

"记得吗?我们讨论过很多地方。"萨库玛说。

"记得。请等一下……这真的很难选择。"

"不急,马杜勒,真的不急。"

"那么,先画山吧!记得我们说过一片开满花的草原和牧羊人穆特的小屋吗?我们就画穆特住的那座山!"

"只画那个吗?"

"不,当然不是!还有周围的其他山脉。当然不需要把全世界的山都画进去……但是,我们要画山。"

萨库玛不再发问,开始工作。他先用炭笔勾勒出山谷的轮廓,还有周围陡峭的峰顶,轻轻几笔画出了森林,

光草　38　

✦ LO STRALISCO

在山谷底部圈出了农田的位置和几栋石屋,还有一条通往山上、偶尔会消失在石堆后面的小径。

马杜勒站在画家身后,看得入神。有时他会追随墙壁上飞舞的炭笔,不安地晃晃头、动动身体、走来走去;有时他会平静下来,坐在靠垫上,半眯着眼欣赏萨库玛敏捷的动作,还有墙面上那从无到有、慢慢延展开来的空间。

"萨库玛,那是什么?"

"可以是岩石,也可以是小屋。你希望是小屋吗?"

"可以是小屋吗?"

"当然,这只是草图,还没有最后决定。可以是岩石,也可以是农夫的小屋。"

萨库玛轻轻加上几笔,小屋的模样就出来了。

"那是穆特朋友的小屋!"马杜勒兴奋地叫着。

"他的朋友叫什么名字?"萨库玛没有回头,"我不记得穆特有朋友。"

国际大奖小说

"故事里的确没有!但穆特可以有个农夫朋友,对不对?"

"当然。虽然他与羊群和狗儿在一起很快乐,但他也是个喜欢交朋友的人。"

"那他的朋友就叫巴特吧!"

"好啊,这是巴特的小屋。他有很多羊吗?"

"没有,因为他不是牧羊人,而是农夫。他有一头拉犁耕田的牛,还有一头脸上毛很多的驴子。"

萨库玛利落地补了几笔。

"这是关牛和驴子的小栅栏,"他说,"就在小屋后面。"

马杜勒又站了起来,焦虑地看着墙面。

"那穆特的小屋要放哪里?"

"这个问题我们慢慢想。"画家说,"先休息一下,你父亲就快来了。"

下午,他们俩一起翻看一本介绍长脚昆虫的书。少年问:"萨库玛,那块岩石呢?"

✦ LO STRALISCO

"哪块岩石？"

"那块……本来可以是岩石，后来变成巴特小屋的那块……"

"嗯，我记得。你想说什么？"

"它在哪里？"

"马杜勒，它不存在了……我们决定了那是巴特的小屋。所以，现在那里就只有巴特的小屋。"

"那如果没有小屋，那块岩石会在哪里？我是指，它真的不存在吗？"

萨库玛本来想说些什么，但他忍住了，停顿了片刻后说："或许在山的那一边，我们看不到的那一边。"

马杜勒继续翻书。

"那就让大岩石待在山的另一边吧！"他说，"那儿的杉木林里还有偷羊贼。阳光无法照亮那里，因为枝叶太茂密了。"

"岩石上应该会有青苔。"萨库玛说。

✧ LO STRALISCO

"青苔是什么颜色?"少年一边翻书,一边问,"书上说是绿色的。是像这只蝴蝶的绿色吗?"

"稍微再深一点儿,像这张图上的绿色。不过,青苔有很多种,当然也有颜色比较浅的。大概也有像那只蝴蝶一样颜色的青苔吧!"

"你见过吗?"

"没有,这一带青苔不多。听说更北边的高山上有很多。这是旅行的人告诉我的。"

马杜勒仰起他的小脸。

"如果真有这种绿色的青苔,"他说,"那蝴蝶停在上面时,就看不出来了,因为它们的颜色一模一样。"

"对,会这样。"萨库玛说,"就和岩石上的蜥蜴一样。"

马杜勒笑了,然后说:"你觉得蝴蝶停在绿色青苔上的时候,它知道自己在哪里吗?"

萨库玛也笑了,"我想它知道,就像它知道自己正在

43　光草

飞舞,或停在水珠上一样……"

"可是,我觉得它可能搞不清楚呢!"马杜勒轻声笑着说。

第七章

平原与大海

日子一天天过去,一座座的山也逐渐成形,除了巴特与穆特居住的山谷、瘸腿的狗跟在羊群后面跑来跑去的山坡地之外,还有很多谷地和高山、小屋和栅栏、看得到的羊和看不到的蛇、峭壁和湖泊,还有蝾螈。

这一切都是一点一滴慢慢诞生的,而且是出自马杜勒与萨库玛所知道的、想象的、渴望的景物,从草图开始,经过修改、描绘,再上色。

萨库玛技法纯熟,能够一边谈笑风生,一边思索回想,让画面更符合两个人的期望。

第一面墙的白色部分几乎已经消失，取而代之的是远远近近、高低起伏、错落有致的群山。画笔所到之处，大小、形状、位置，利落精准。

这幅画还没有完成，越过墙与墙之间的圆弧，山景继续延伸，但山脉的结构和颜色改变了，缓降成褐色的丘陵、枯树林和碎石地。最后出现一大片平原，上面散落着几间小茅屋，远方则有几个和纳克图玛很像的白色村庄。

画面的近景给人明亮、澄澈的感觉，仿佛有空气在流动；中景则是一辆马车，顶着天蓝色的篷盖，正行进在横跨小溪的木桥上。那是马杜勒在一本书上看到的插图，他很喜欢，百看不厌，所以萨库玛把它画到墙上来了。不过，在那匹小灰马背上，他们加了一个头上绑着红头巾的小女孩，他们叫她泰雅。

"马杜勒，这辆马车要去哪里？"

"它要去很远、很远的地方。"

✦ LO STRALISCO

"那它是往丘陵的方向走呢?还是去山的另一边?"

"为什么你想知道这个?"

"你看,弯道后面的路还没画,我们可以让它继续前进,往丘陵方向走,绕一大圈进入村庄;也可以让它向右转,往新的那面墙延伸过去。"

"新的墙上会出现什么?"

"还是这个世界。我们不是说好了要画平原,让大地绵延到天边吗?"

"好,就让马车往平原方向走。"少年说,"泰雅的马车往平原走,等她到了平原,就跳下小马去摘花……但请你也画一条通往村庄的路。马车选择走上这条路,是因为它想往这里走,而不是因为只有一条路。"

"当然,马杜勒,这世界不会只有一条路。"

于是,第三和第四面墙都变成了平原。之所以用到两面墙,是因为平原非常辽阔,上面要画好多东西:两个村庄,一个近,一个远,还有小麦田、烟草田,以及远方类

似荷兰的风车。泰雅的马车正是朝着风车的方向前进，那条路沿着碧绿的小溪，经过了田园和村庄。

道路延伸到第四面墙上，在入口的左边出现了一座被包围的小城。只见土黄色的城墙外，环绕着一圈五颜六色的军队营帐，炮兵部队正在发射炮弹攻城，一小队骑兵在城墙外巡视，扬起阵阵尘土。画中还有石弓和木造的瞭望台，弓箭手可以从那里发动攻势。不过，被包围的守军防守得很严密，看来可以撑很久。有几名衣着华丽的优雅女子不顾飞箭和炮弹的威胁，站在城墙上观察敌军的营地，仿佛在观看节庆的阅兵游行。

仔细看的话，会发现城外骑兵的巡视，好像是为了吸引城墙上女子们的注意，否则他们在久攻不下的城墙外奔驰又有什么意义？难道他们以为自己能够奋力一跃，攻进城里吗？城墙实在太高、太坚固了，想要攀爬上去的可怜士兵爬到一定高度，便纷纷跌落下来，活像一只只掉进泥浆中的鹅或小猪。

☆ LO STRALISCO

萨库玛花了三个月的时间画这座被包围的小城,因为场面很复杂,每天都有新的人、新的事物和新的故事加入进来。

直到攻方的王子派了一只信鸽,送信给围城内的公主,这部分才告一段落。

那只信鸽能毫发无伤地飞过硝烟弥漫的天空吗?数不清的箭矢从四面八方朝它射过来,无数的子弹从天空呼啸而来,毫不理会鸽子藏在羽毛间的白色讯息……

萨库玛和马杜勒都知道,战争中的士兵宁愿瞄准被射中落地也不会喊叫的飞鸟,也不愿瞄准穿着盔甲的敌人。因为万一射中了,不但要听他们的惨叫声,还要看着鲜血像破掉的水壶般流个不停……不过此时此刻,信鸽还在空中,正展开纯净洁白的双翼飞翔。城墙上,满怀希望的公主探出身子注视着信鸽,仿佛想用眼神守护它平安飞向自己。

萨库玛来到纳克图玛已经八个月了,但从入口墙面

49 光草

✳ LO STRALISCO

不断延展的画面并未停止,仿佛是没有尽头的地平线一般。平原越过门槛来到第二个房间,远离了风车和被包围的小城,然后地势缓缓升高,再度变成丘陵。

"萨库玛,为什么你又画了丘陵?"少年问,"不是说好这个房间要画海吗?"

萨库玛没有回答,继续快速作画,没多久,丘陵柔和的曲线突然中断,硬生生地笔直往下拉,画出一道近乎垂直的峭壁。然后,萨库玛用两根手指轻轻夹着炭笔,画出一条不间断的细线,一条完美的海平线,直到这面墙的尽头。

"马杜勒,这就是海。"

少年注视着刚刚诞生的海平面。

"请不要停下来。"他说。

萨库玛已经画过了两面墙的转角。

"继续吗?"他没有回头。

"对,继续!这整面墙,还有那一面……拜托!"马杜

51 光草

国际大奖小说

勒说,"让这个房间全部都是海。"

萨库玛没有停笔,他缓慢平稳的笔触让这条海平线继续前进,跳过通往第三个房间的入口,一直延展到第一个房间和第二个房间相连的门边。

"好了,全部都是海。"他说。

马杜勒站在房间正中央,缓缓地在原地转圈,入迷地看着那条将白墙分隔成两部分的细线。他环顾了一圈又一圈,双颊泛红,眼睛闪闪发亮,双手在空中握紧又松开,似乎想抓住什么。

"一半是天,一半是海。"他说。

突然间,他跳了起来,冲回第一个房间,拉了一下门口垂挂的绳子。不一会儿,最年长的那位侍女出现了。

"阿莉卡!快去请我父亲过来!"少年说。

"小少爷,你不舒服吗?"老侍女望着他的脸。

"阿莉卡,我好得不得了。"马杜勒说,"我只是要父亲过来看一样东西。麻烦你快一点儿!"

光草 52

✡ LO STRALISCO

第八章

老虎兹号

"萨库玛,鱼是不是无限多?"

"不是无限多,"画家一边回答,一边把大海涂上湛蓝的色彩,"只是没有人数得出来。"

"既然数不出来,那就是无限多。"马杜勒说。

大海已经完成了,房间的四面墙都是海,饱满的深蓝海水在不同的蓝天下映衬得闪闪发亮,偶尔会有阵阵波浪。远方海平线上高耸的云仿佛盛开的花朵,遮盖了部分天空。从海面望去,天空呈现出不同的蓝色,有的地方是透明的蓝,有的地方是浅蓝,有的地方是蓝绿色,有

 53 光草

国际大奖小说

的地方则有细细的一抹白色。

"马杜勒,要画鱼吗?"

"不画。鱼在海里面,我们看不到。"

"但从某种角度来看,鱼既在海的外面,也在里面……"

"不,我们是在一艘玻璃船里,"少年说,"正漂浮在海面上。"

"有时候,鱼也会跳出海面,"画家说,"就连鲸鱼都会跳出水面,海豚有时也会成群结队,像彩虹一样从海里跃出。它们会跟随船只,玻璃船当然也不例外。还有一种飞鱼,可以一飞数百公尺之后才落回海里……"

"萨库玛,你喜欢画鱼是不是?"马杜勒看着他说。

画家微笑。

"对,很喜欢。你看出来了。"他说。

"但是我觉得……鱼还是待在海里比较好……我也不知道为什么。"

"或许你认为画出来的鱼静止不动,而真正的鱼却在

LO STRALISCO

海里游得很快,而且数量无限多。"

这回,轮到马杜勒微笑了。

"或许是因为这样吧!"他说。

于是,仿佛一个没有尽头的空间,这条海平线没有任何破坏,完整地环绕着第二个房间。

冬天的脚步近了,山谷里的风也愈来愈冷。晚上,马杜勒和萨库玛除了穿上柔软的毛皮,还要罩上阿莉卡为他们准备的羊毛睡袍。不过,这些衣物除了穿在身上,两个好朋友还用来玩游戏,只要在里面塞上丝绸靠垫,就可以乔装打扮成各种奇奇怪怪的人物。

大海是在十一月完成的,从萨库玛接下这个工作开始,也已经过了十一个月。

"那是什么?"一天早晨,马杜勒默默地盯着海平面看了许久之后,开口发问。

"那是海啊!"

"不是!是那儿……"少年说,"海面上的那个小点,

光草

在云的左边。你看到了吗?"

马杜勒跑上前去用手指着那个小点,然后又回到他的朋友身边,坐在靠垫上。

虽然听不到风声,但宅第外天空中的云朵快速移动着,太阳一会儿被云遮住,一会儿又露出脸来。阳光虽不能直接照进屋里,但是透过纱布层层过滤,依旧感觉得到忽明忽暗的天色,仿佛让大海也有了生命。

"马杜勒,我也不知道那是什么。"画家说,"我以前都没看到。但它的确是某样东西。会不会是一只海鸟?"

"不是。如果是海鸟的话,应该会离海平面近一点儿,或者完全看不见。距离太远的小鸟根本就看不见。那会是什么呢?会不会是远方的一座小岛?"

"没错。也可能并不遥远,只是一座很小的岛。"

"也有可能是船?"

"对。"

"萨库玛,我们要怎样才会知道呢?"

☆ LO STRALISCO

"等待。如果明天它还在,那就表示是座小岛;如果不见了,或距离我们更近,那就是一艘船。"

"那我们就等等看吧!"

第二天早上,马杜勒一睁开眼睛,就立刻跑到墙壁前。

"它还在,你看!而且变大了。它是一艘船,朝我们这边开过来了!"

"目前看来是这样没错,"萨库玛说,"但它可能改变航向,那就会变小,或消失不见。"

马杜勒回到萨库玛身边,什么话也没说,只是笑着拿起靠垫打他。萨库玛低头避开那轻轻落下的靠垫。

马杜勒又回到墙壁前,海面上的那个小点只比前一天稍微大了一点儿。

"那是什么船?"

"我也不知道。"

"说不定是海盗船!"

57　光　草

"像那本红色书里的那艘吗?"

"对,一模一样。有两根桅杆,船上载了三十个海盗……"少年继续盯着墙壁,一面慢慢后退,"船是从希腊海岸来的,叫老虎兹号。"

转天早上,一艘小小的海盗船终于出现在海平面上,船身有点儿倾斜,各种大小形状不同的帆被风吹得鼓胀起来。因为距离太远,还看不出船上海盗的模样,但看得出桅杆上的小旗帜是黑色的,旗帜正中央的白点当然就是骷髅头。

"萨库玛,我觉得老虎兹号上的海盗太谨小慎微了。"马杜勒说。

"怎么说?"

"他们只在晚上起锚开船,白天不管风有多强,太阳有多大,他们连动都不动……你不觉得他们很无聊吗?他们根本不知道要怎么打发时间。那些血气方刚的家伙可能正聚集在船舱口的阴影下,商量着要如何对抗船

LO STRALISCO

长。'船长到底在想什么?'他们说,'夜晚航行算哪门子的航海方式?他是不是乌贼吃太多脑袋发黑啦?'"

萨库玛微笑。

"对,"他说,"这种航海方式的确很怪。"

"我觉得我们应该鼓舞一下他们的士气,你说呢?"

于是,萨库玛把船画大了,马杜勒在一旁观看。三天里,老虎兹号的航行速度颇有进展,一星期过后,又缩短了约一海里的距离。可能因为风向不同的缘故,每次看船帆鼓起的形状都不一样,船的龙骨也以不同的角度破浪前进。

这是一艘爱疑神疑鬼的船,为了让它靠近,整整花了一个月的时间。

马杜勒将描述海盗船的书摊开在膝盖上,不时会提供萨库玛意见或问问题。只是萨库玛很少回答。

老虎兹号上的海盗不是三十个,而是二十九个。甲板上只看到十八个,其他的都在甲板下面,不是在储藏

国际大奖小说

室,就是在卧铺上,还有人因为犯错而被关了起来。不过,马杜勒知道他们每个人的底细。

船长克罗斯来自希腊的萨拉米斯岛。大副普提克则是希腊罗德岛的叛徒。他们两个都待在甲板室里,用大望远镜观察海平面。在瞭望台上,手指向东方、身子摇摇欲坠的是兰杜伊,他是海盗们从土耳其奴隶船上救出来的黑人……

"这艘船上没有实习水手吗?"有一天,萨库玛问道。

马杜勒从书上抬起头来。海盗船正在全速前进,因为船索拉起来了,从侧面看,船身非常宏伟。八个海盗正在操作船索,看起来随时有落海的危险。

"需要吗?"少年问。

"当然。所有船长都是从小就在海盗船上当实习水手的。没有小水手,就没有以后的大船长。"

"所以,克罗斯以前也是小水手喽?"

"他在马亚达号上当过水手,那是一艘双桅船,也有

光草　60

人叫它'塞浦路斯的鲨鱼'。"萨库玛补充道,"当年人称'疯子'的库朗宁率领土耳其舰队把马亚达号击沉之后,只有十四岁的克罗斯在海里依着星辰的指引,游了整整一个晚上,终于抵达圣托里尼岛……"

第二天,有个黑发的小水手跨坐在老虎兹号船头的桅杆上,他一手抓着打结的横桅索,一手抓着船头装饰的龙角,看起来险象环生。

他就是老虎兹号上的实习水手——马杜勒。

"世界上不是只有我一个人叫这个名字,对吧?"少年脱口而出。

"当然。天晓得世界上有多少人叫马杜勒。"萨库玛表示同意。

"所以,其中有一个正好是老虎兹号上的实习水手。"少年做了这个结论,用腿紧紧夹着一个靠垫,抬头望着船头前方的大海。

✦ LO STRALISCO

第九章

病　发

一天夜里,马杜勒大声喊叫着醒来。萨库玛和阿莉卡发现他全身是汗,在床上翻来覆去,似乎很难受。

第二天早上,马杜勒恢复了平静,安然入睡,可是脸色十分苍白,额头上还微微冒着汗。

葛努安和萨库玛守在床边看着少年。

"他隔段时间就会病发一次,"领主望着儿子沉睡的脸庞说道,"有时候间隔好几个月,但从来没有像这次这样超过十个月。病发后的一两个星期,他的身体会很虚弱,几乎每天都在昏睡,之后就会恢复往日的活泼。医生

国际大奖小说

说,这是某些有害物质在他身上大量沉积而造成的。虽然他在这里有层层的保护,却很难预防毒素的渗入……医生还说,发烧其实会帮助他排出毒素。"

"领主大人,我在想,"画家低着头说,"会不会是绘画的粉尘与颜料造成的?我虽然很小心地使用,但是,或许对脆弱的他而言,这仍然不够。"

"不必担心,我的朋友,"领主说,"他这次的症状并没有异常,也没有提早发病,事实上,这是间隔最长的一次了。而且我之前就问过医生,绘画是否会影响他的健康,他们都排除了这个可能。你的色彩只会为我儿子带来快乐。"

果然如领主所说,接下来的几天,虽然马杜勒仍然虚弱地躺在床上,但已经不再痛苦难受。一天当中,他大都沉沉地睡着,但渐渐地,他又能开口和萨库玛说话了。

"萨库玛,我们还有第三个房间要画……"

"对。要画什么呢?"

LO STRALISCO

"我想了很多,就快要决定了。"

"不急,你累了,我也一样。我们暂停一下工作,没关系的。"

"好吧。不过,光用头脑想并不会累,所以我就继续想好了。"

少年要求把他的床搬到第三个房间。那里的墙面还是一片空白,他静静地看了许久,一只手轻抚着嘴唇,神情严肃。

"马杜勒,可以告诉我你的想法吗?"过了一阵子,萨库玛问他。

"我……其实也不能算是想法,只是一些渴望,那些渴望的画面不断在我的脑海里竞相出现。我知道最后会有一个脱颖而出,但现在还不知道答案。"

"马杜勒,要不要告诉我是哪些画面呢?说不定说出来以后,比较容易下决定。"

但是,马杜勒又睡着了。他沉沉睡去,仿佛极度疲

怠,每次他都会睡足两个钟头。

每当这时,萨库玛都会走出宅第,骑上他的老马,缓缓穿过村庄。村里的人大概知道他在领主家做什么,他们只是好奇地打量着他,并没有开口和他打招呼。

萨库玛对那些望着自己的人微微点头致意,村民们回礼后,大都立刻转身回避。来到村外,尽管萨库玛一再催促老马加快速度,但并没有让它真的奔跑起来。他不仅感受到马儿的年迈孱弱,更明显感觉到这几个月绘画工作的沉重,让自己的身体不如以往敏捷,骑马的乐趣也不复存在。

即使这样,他还是继续骑着马往前走,眼睛捕捉四周景物的速度远远超过马儿的步伐。他们静静地朝着嶙峋的山壁前进,眼前的景色原始而鲜明。他所看到的石头、空间和色彩,似乎比以往都要精准,又有无比熟悉的感觉……

每次回到房内,少年通常都还在睡,萨库玛便会站

光 草　66

在床边,等他醒来。如果马杜勒迟迟没有醒来,萨库玛便绕着房内已经画好的墙壁慢慢走,仔细端详墙上那一幅幅他与少年一起创造出来的画面。

✩ LO STRALISCO

第十章

成长的草原

"萨库玛,你知道吗?我本希望第三个房间也画大海的。"马杜勒一边说,一边用手比划出海平面的位置,"因为海实在太大了,怎么画也画不完。我们可以画几个小岛,再多画几艘船。我们还可以画海豚,画它们像彩虹般飞跃出海面的样子。这个想法非常吸引人,我们可以画这样的海,对不对?"

"当然。"

"可是,我在想这些画面的时候,不知道为什么,心里却觉得有些空虚。我想,虽然大海永远也画不完,可是全

部都画海好像又太多了。因为大海……太远了,海面上所有的东西都很遥远。你明白我的意思吗?"

"我想我明白。站在大海面前,眼睛停不下来,可是双脚却只能站在原地不动。我了解你的感受。所以呢?"

"所以我突然有了一个新的想法:要画和大海很像、但不那么遥远的东西。面积很大,但距离很近。"

"那是什么呢?"

"草原。有草有花。不过,和我们之前画在山上和丘陵上的草原不一样,那是从远处眺望的。我要的是一片很近的、有草有花的草原。"

"又大又近的草原。"萨库玛重复他的话。

"对,像海一样大,可是很近,要环绕四周,我们站在中间,仿佛置身于草原之上。"

"马杜勒,那就来画草原吧!"

"不过,还有一件事我得跟你说……可是我现在好困,萨库玛,等一下再告诉你。"

有时,画家在等待少年醒来的时候,并不会离开领主的宅第。有绝对行动自由的他,会穿过走廊,走上楼梯,爬到宅第的高塔。那座塔虽然不高,却能将村庄里的一草一木都尽收眼底,萨库玛就在那里望着天空中飞翔的鸟儿。他会在那里久久注视,仔细观看。

回到马杜勒的房间,如果发现少年还在睡,他会拿出大羊皮纸,在上面潦草地画下那些鸟儿飞行的姿势。除了他,谁也看不懂。然后他会把羊皮纸收起来,放在第一个房间的书柜里。

仿佛在梦中想到了什么,马杜勒常常一睁开眼,就要求把他的床搬到画了壁画的房间去,有时面对着山,有时面对着平原或被围困的小城,有时是杳无人踪的丘陵,有时是闪闪发亮海面上的那艘海盗船,有时则是单纯的海平线。

"马杜勒,你说要告诉我关于新草原的事?"萨库玛问他。

☆ LO STRALISCO

"草原会很美,对不对?在我的想象中很美。"

"是啊,就像到目前为止我们两个完成的作品一样美。不过,你还有一件事要跟我说,你还记得吗?"

"记得,可不容易说出口,我也不希望你太辛苦。"

萨库玛微笑着,只是静静等待。

少年将被子上交握的双手轻轻搁在肚子上。那其实是萨库玛的习惯动作,马杜勒不知是有意或无意,常常会模仿他。

"你还记得那艘船是怎么来的吗?"马杜勒说。

"当然记得。"

"我是说,你记得它是怎么一点一点靠近的吗?一开始,它是一个很远的小点,我们甚至不知道那是不是一艘船……"

"对,我记得。"

"后来它变大了,我们才看出那是一艘船。"

"没错。它一开始只在夜间航行,"萨库玛微笑着说,

73 光草

国际大奖小说

"后来我们决定给船员打气……"

少年皱起眉头,好像很费力。萨库玛不说话,继续等待。

"我希望这片草原也能像那艘船一样。"马杜勒一口气说完,被子上交握的手指略为松开。

萨库玛扬起眉毛。

"你要一艘船在草原上向我们慢慢靠近,我的理解对不对?"他说。

马杜勒笑了。他坐起身来,背靠着软垫。他的体力已经恢复得差不多了,脸色虽然不算红润,但也不再满脸病容。

"不对!我的意思是,我喜欢看船渐渐靠近的过程。所以,我也希望能看到草原慢慢成长的过程。"

"你要我慢慢画?"

"不是……我要的是一片成长中的草原。一开始只有短短的草,然后慢慢长高……一开始是不成熟的,那叫

✦ LO STRALISCO

什么,花苞?然后慢慢开花。这样你懂我的意思吗?"

"现在我懂了。"萨库玛说。

"可以这样做吗?"

"可以,不过要花点儿时间。"

"之前画山的时候,你说过:'反正我们不急着完成,对吧?'"少年刻意模仿萨库玛的声音说。

"没错,我们不急。"萨库玛从容地说,"我们有的是上天给我们的时间。"

"你可以叫用人来吗?我想把床搬到第三个房间去,在草原成长期间,我要睡在那里。你也一起搬过去吗?"

"嗯……马杜勒,我这把年纪,入夜后的草原对我来说,可能太潮湿了。"萨库玛说,"不过,既然草原在慢慢成长,我想我会习惯的。"

当天傍晚,领主来看儿子,少年向他描述了好久这个新计划。当父亲的也说这是个很棒的主意。

"就算是安卡拉的领主,家里也没有一片这样的草原。"

国际大奖小说

他说。

然后,马杜勒又睡着了。

"我的朋友,画出他期待中的草原,需要多少时间呢?"领主问萨库玛。

"领主大人,要画出符合他期望的草原……至少四个月,也可能需要五个月。"

"这里是最后一个房间了。四个月的时间应该足够……"葛努安自言自语地说。

"足够什么?"

"我想扩建我儿子的房间。把窗户封起来,敲掉隔壁房间的墙。我不会破坏草原的,入口可以设在画山的那个房间。因为……"

领主突然停了下来,有些困窘地看着画家。

"对不起,我的朋友,"他说,"我这么说,仿佛你的身心都属于我一般。"

萨库玛微笑着。

光草

✦ LO STRALISCO

"领主大人,我的身心都好好儿的属于我自己呢!我在这里过的每一刻都是我想要的,也是我所珍惜的。"

一阵短暂的沉默。

"我的朋友,我发现从你一年多前来到这里,就开始留胡子了。"领主语调轻快地说,"你刚来的时候,面容光滑,像个清秀的小伙子。而今,胡子让你多了一份威严。你的胡子还要留多久呢?你不担心回家的时候,朋友会认不出你来吗?"

"领主大人,那我会告诉他们:'我回来了,我是萨库玛!是我,你们的朋友!你们喜欢我的长胡子吗?'我的朋友会喜欢的。说不定最爱开玩笑的那个,还会走过来故意扯扯我的胡子呢!"

葛努安笑了,"我的朋友,我的兄弟,你真是个心胸宽大的人啊!"

"领主大人,"萨库玛微微鞠躬,"我说过了,我是真心喜欢待在这里。"

77 光 草

国际大奖小说

第十一章

光 草

在第三个房间的墙上,草原诞生了。那是一片春天的草原,小草短而密,绿油油的,充满朝气。花茎也很短,花苞才微微绽开。

马杜勒的身体一天天好起来,没多久,他就能下床跟着萨库玛工作,像以前一样递上要用的画笔。白天,他如果睡着,醒来的时候就会发现又有一小丛草长高了,花的数量也增加了。然后,蝴蝶出现了,马杜勒在书上寻找各种不同的蝴蝶,让萨库玛画在草原上。于是,来自世界各地的蝴蝶飞舞在花朵之间,为草原增添了生机和活

✦ LO STRALISCO

力。

"萨库玛,我可以帮你画吗?"有一天,少年问道,"这些小黄花看起来好像很容易画……我也可以画一朵吗?"

萨库玛举起的手停在半空中,头低了下来。

"怎么了?"马杜勒往后退了一步,"你不希望我画小黄花吗?没关系,我也不想破坏草原。"

画家缓缓转过身。

"对不起,我之前没想到这一点。"他说,"你当然可以画小黄花,如果你愿意,也可以画其他的花。"

"不要,我不想破坏草原,绝对不行。我什么都不画,因为我根本不会画画。"

"马杜勒,你不会破坏草原的。画小黄花并不难,我教你,一点儿也不难。"

"不要,我怕画错。我现在一点儿都不想画了。"

萨库玛放下画笔,静静看着草原,仿佛什么事都没

有发生。然后,他把少年叫到身边。

"这样吧,"他说,"我在羊皮纸上教你画小黄花,这样就算画错也没关系。等你画得不错的时候,就可以帮我在草原上画。"

于是,萨库玛每天教马杜勒画一点儿花,画一点儿草。由于花和蝴蝶的差别不大,他也教少年画蝴蝶。

三个星期之后,马杜勒对自己的技巧有了信心,开始在草原上画一些小小的花和蝴蝶。这时的草原已经进入六月的茂盛季节。浓密的绿草间,繁花盛开,五彩缤纷,到处都洋溢着旺盛的生命力。

马杜勒的画也日益大胆,有时甚至会搅乱萨库玛的画面,改变绿草的形状,就好像这里或那里有只胖狐狸蹦跳过,或因为察觉到危险逼近而蹲伏过。不过这样一来,倒使得这片草原就像真正的花草森林,包容所有,千姿百态,在万里无云的晴空下,沐浴着太阳温暖而明亮的光芒。

✦ LO STRALISCO

有一天,马杜勒开始画起细细的麦穗,黄澄澄的,在绿草间很是醒目。这些麦穗努力往蔚蓝的天空伸展,但还不够高。

"连麦子也要画到我们的草原上吗?"站在少年身后看他作画的萨库玛,微笑着问道,"是风把麦子从费拉特河谷吹来的吗?"

"这不是麦子,"马杜勒很认真地回答,"这些不是麦穗。"

"不是麦子?看起来很像啊,像梗比较细的麦子……"

"对,很像麦子,但这是光草。"

"光草?我没听过这种植物。"萨库玛好奇地把脸凑近其中一株光草,细细打量。

"没有人听说过。"马杜勒说,"这是一种会发光的植物。"

"会发光?"

81 光草

国际大奖小说

"对,在晴朗的夜晚就会发光。是一种类似萤火虫的植物。你知道吗?因为现在是白天,所以看不到它的光。但是到了晚上,光草就会照亮整片草原。"

萨库玛没有作声,只是凝视着光草。

当天晚上,他去找领主,请领主派人去马拉提亚城的广场上,找一个名叫卡亚提的商人……

一个星期后的夜晚,萨库玛轻轻摇醒沉睡中的少年。在漆黑的房间里,离床铺不远的地方,领主默默坐在一个靠垫上。

"醒醒,马杜勒。"

"怎么了?萨库玛,怎么了?"

"你看。"

少年迷迷糊糊地从床上坐起来。黑暗中,深色的草原上有数不清的纤细光草在闪着金光,有的倒向这边,有的倒向那边,仿佛在风中摇曳。

"光草!"少年惊讶地大叫,从床上跳了起来。

光草　87

✦ LO STRALISCO

"今天晚上万里无云。"萨库玛说。

马杜勒抬头往上看,上百个亮晶晶的光点在夜空中闪烁。

他仰起脸,踮起脚尖在床上转了一圈,一边盯着墙看,双手一边在胸前胡乱挥舞,仿佛在捕捉空气。然后,他深深叹了一口气。

"我父亲知道吗?"马杜勒的视线依旧盯着墙面。

"马杜勒,我在这里。"领主低声说。

坐在靠垫上的领主也深深叹了一口气。他的气息比马杜勒更长、更舒缓,仿佛就是那阵吹拂光草的微风。

第十二章

再次病发

房间的扩建工程暂时中断了。

因为春天刚过没多久,马杜勒的病便再度发作,而且比前几次都要严重。他昏迷了三天,高烧不退。领主紧急从附近城镇请来四位医生,留在床边随时观察,进而交换诊断意见。

虽然少年慢慢复原了,但四位医生仍然留在纳克图玛,好继续观察马杜勒的病情。他们问少年有没有食欲,或用开玩笑的口吻询问他身体的状况,或是让马杜勒把梦中的情景讲给他们听。

✳ **LO STRALISCO**

　　每当医生围着马杜勒问东问西的时候，萨库玛就会离开宅第，沿着山谷坡地的崎岖小径骑马，或到牧地旁的石头地那里看看。有时他会让马吃吃草，自己则慢慢沿着碎石子路往前走，偶尔用手指触摸尖锐的石头，但有些岩石一被碰触即会化成白色的粉末。

　　一个星期后，医生们默默向少年和画家辞行。

　　他们离开以后，领主召唤萨库玛，对他说："我的朋友，没有希望了。我必须诚实以对，医生说我儿子活不了多久。他那始终不稳定的身体正在逐渐衰弱。曾经他勇猛的生命力让我支撑到现在，但听他们这么说，我再也无法继续装聋作哑，我必须接受生命力正在放弃我儿子衰弱身躯的现实。我的朋友，即使我心爱的妻子雅薇过世的时候，我都没有感受到如此巨大的伤痛。"

　　葛努安掩面而泣。萨库玛也落泪了。

　　终于，画家问道："领主大人，他还能活多久？"

　　"医生说不超过一年。"

"您希望我离开吗?"

"我已经没有任何希望了,如果有,这便是我最后的祈求,请你留下来吧!"

萨库玛再度骑上马。这次,他走得更远,沿着斜切的小路穿过贫瘠的农田,来到山谷北边。越过山坡后,他进入一处低矮的栎树林,坚韧而多刺的栎树冷不防会斜插一段树枝出来,老马走得很小心。

走完隐蔽在山间的大弯道,路往南折,在沿着西边坡地的小路上,有放牧牲口和商队走过的痕迹。这段路上,除了几处小树林外,站在任何一点都可以鸟瞰领主的白色宅第,它仿佛是山谷底端从石堆中分割出来的一块白色岩石。

往南的下坡路不像上坡时那么笔直,除了路旁偶尔出现的小花或灌木丛,这里的绿地并不多。走过这一带,前面是一条整理过的小路,小路穿过整座山谷最肥沃的牧地,有几只无人照管的山羊在静静吃草。小路尽头就

是村庄。

萨库玛就这么来回走了三趟,也不理会老马的步伐愈来愈蹒跚,仿佛每次走完就会立刻遗忘。最后,他把马牵入马厩,走回寂静的宅第。

马杜勒还在睡。葛努安则闭着眼睛坐在少年床边。

萨库玛沿着画了壁画的墙壁走,专注地看着群山和平原,看着被围困的小城和大海,看着海盗船和茂盛的草原,那散落在绿草之间的光草看起来似乎比平日更加耀眼。他来来回回看了三次墙上的风景,就像他绕着山谷走的次数一样。这次,萨库玛发现了一些之前没有注意到的造型、姿态和色彩,这些都不是他自己一个人画得出来的。

在马杜勒醒来前,领主悄悄离开了。

"早安,萨库玛。"少年说。

"早安,马杜勒。"

"我睡了很久,是吗?"

✦ **LO STRALISCO**

"嗯,睡了很久。你现在觉得怎么样?"

"很好。只是和以前一样,不怎么有力气。"

"你就在床上休息几天,我讲故事给你听。"

"太好了!然后我们可以继续工作。我会请父亲尽快完成新房间,应该很快就弄好了吧!"

"是啊。不过,马杜勒,我有一些新的想法,但必须再想清楚,就像你决定要画草原之前那样。你还记得吗?"

"记得。"

"总之,在你还不能下床活动之前,我们先一起读书,看看书里的插图吧!"

"我们可以在羊皮纸上画画吗?"

"可以,如果你不累的话。我还可以教你画鸟。"

但接下来的几天,马杜勒的体力并未恢复到足以画画的程度。萨库玛讲了好多故事给他听,两个人一起讨论书中的故事和人物。萨库玛看得出来,少年要让身体的机制恢复运作,比起上一次更费力。但每一次休息过

89 光草

后,马杜勒的思路却更加灵敏。只是他会突然间出神忘我,说些不清不楚或毫无意义的话,仿佛语言和思绪之间失去了关联,连自己也控制不了。而且他白天睡觉的时间也愈来愈长了。

"扩建新房间是个好主意,"萨库玛说,"但我有个更棒的想法。"

"你这几天一直在想这个吗?"

"对。我愈想愈觉得这个主意很棒。"

"告诉我吧,萨库玛。"

"听好,我们如果继续延伸墙面,就无法掌控风景了。我的意思是,空间太大,我们反而无法在里面游戏。因为这些墙面长时间一成不变,也就不生动了。"

马杜勒没有说话,只是认真地聆听。

"我的意思是,这几面墙已经足够了。"萨库玛说。

"可是,上面已经画满了啊!"马杜勒说,"海上的老虎兹号已经大得不能再大,草原上也到处是花,还有光

✯ LO STRALISCO

草会在晚上闪闪发光。我们还能画什么呢?"

像平常一样,萨库玛一边讲话,一边轻抚着少年的手。

"马杜勒,你还记得我们是怎么画出这些的吗?"他握起少年的手指头,"那艘船刚开始的时候有多小?草原原本有多空旷?"

"记得,是我们一点一点慢慢画出来的。"

"没错,世界不是一天之内诞生的,但也从未停止过。"

马杜勒没有说话,用自己的小手捏着画家的大手。

"你是说,我们的风景可以继续画下去?"他说。

"没错,可以继续画下去,如果愿意的话,也可以改变。"

"改变?变得更美?"

"马杜勒,它们已经很美了。但我们可以让故事继续,加入新的生命。"

少年累了,反应开始变慢。

光 草

"好,我们就这么做,"他说,"你再跟我讲讲……"

对萨库玛来说,这段对话也很费神。

他听着少年微弱的呼吸渐渐平顺后,也闭上了双眼。就像树干从伤口流出汁液一样,清澈的泪水也夺眶而出。

✧ LO STRALISCO

第十三章

新的风景，新的生命

以通知新房间扩建进度为借口，领主提前来到马杜勒的房间。

"儿子，工程进行得很顺利，不久就会完工，到时候……"

"谢谢您，父亲。不过，我们一点儿都不急。"

"为什么？"

"因为我和萨库玛决定在原来的风景上继续工作，加入新的生命。"

领主没说话，只是看着自己的儿子。

光草

国际大奖小说

"父亲,我大概没有解释清楚。"马杜勒牵起父亲的手,"走,我们去看画,我说给您听。"

葛努安随着儿子来到第一个房间的山景前面。

"父亲,您看到了什么?"马杜勒指着一个地方问道。

"看到山。山坡地上有牧羊人穆特的小屋,还有羊圈。我还看到了……"

"等一下,父亲。您现在看到的,和之前的一样吗?"

"我觉得一样。不对,等一下……难道是我记错了,以前穆特的羊是不是比较多?现在好像变少了……"

"没错!"马杜勒很高兴,"本来有十八只羊!"

"现在是九只羊,"领主数了数,"只有九只。"

"对,九只。八只母的,一只公的。您知道为什么吗?"

"有熊半夜跑来把羊吃掉了?"

"不是。"

"是偷羊贼偷走了?"

"也不是。有偷羊贼没错,不过他们都在山的另一边,

光草

LO STRALISCO

不会跑到这里来。"

"那是穆特把羊卖了?"

"穆特不卖羊,他不需要钱,因为他要吃羊乳酪、喝羊奶,穿的也是羊皮做的衣服。不过……您很接近答案了。"

"那他送人了?"

"对!"马杜勒说,"父亲,您知道吗?穆特没办法自己照顾这么多羊,日子一天天过去,他不再像以前那样灵活、强壮,也没办法再跟着他的羊群在岩石上攀爬了。"

领主侧着头,认真聆听。

"所以他就把羊送人了。"马杜勒继续说,"他把羊送给山脊另一边一位叫作布巴克的年轻牧羊人,他有一头鬈发。"

"可是,穆特不是有一条瘸了腿的狗帮他吗?"领主问。

"哦,它死了。"马杜勒低声说,"它死了好几个月了。所以穆特不想再养这么多羊,他对其他的狗没有信心。"

"穆特很老了吗?"

"不算很老,父亲,但也有点儿年纪了。"

"和我一样?"

"不,比您老。而且他累了,非常累。"

马杜勒仰起脸来,煞有介事地说:"父亲,人都会老的。"

"当然。"葛努安说着,目光从儿子脸上移到墙上的其他风景。

"那里也不一样了,"他说,"山上原本好像没有雪……"

"对。因为冬天到了,"马杜勒说,"熊已经回到山洞里冬眠了。"

少年还指出其他变化给父亲看:树林不再像之前那么翠绿,上头覆盖了一层黄褐色,绿草也因为夜晚的寒气而枯萎了。

"那里,您看到岩石下那个洞穴了吗?"

光 草

⭐ LO STRALISCO

"看到了。那也是新的吗?"

"之前被树挡住了。您看到熊的大头了吗?"

"这个吗?"

"不是,那是石头。再低一点儿……您看!"

"真的,果然有一头熊。要仔细看才看得出来。"

"它是最后一头进山洞冬眠的熊。它这两个月吃了好多东西:浆果、核桃、蜂蜜、水果,还有蚂蚁!"

"它也吃蚂蚁?"

"是啊,父亲。熊什么都吃。"

"所以它的肚子很大喽!"

"有这么大!"马杜勒一边笑,一边模仿贪吃熊迟钝的步伐,他坐在靠垫上继续说,"您知道吗?它现在很困、很困,所以要在山洞里睡上一整个冬天。"

"可是,它现在还没睡着。"领主用手摸了摸山洞中熊的身影。

"还没睡,它偶尔会出来走走,咯吱咯吱地啃啃树

枝,不过那只是因为嘴馋,其实它的肚子一点儿都不饿。它会深呼吸,闻闻冬天的味道,没多久就会再回到窝里,一连睡上好几个月。不过在那之前,它会先在山洞口堆叠枯枝,好在睡觉的时候挡风。"

领主惊慌地看了看四周,问道:"这里不冷吗?要不要生火?"

"不用,父亲,这里不冷。"马杜勒说,"只是没有之前那么温暖,毕竟夏天过去了,但还不需要生火。"

第一个房间的风景改变了,虽然不明显,但很多细节之处都不同了。原本画了泰雅天蓝色马车的地方,变成了一辆由两头牛拉着的褐色篷车,正朝着山的方向前进。篷车后虽然没有系着小马,但有两只长毛狗跟在车轮旁奔跑。

平原上的那座小城不再被围困,城门大开,城墙外围了一圈摊贩。在一辆属于吉普赛人的篷车旁,停着泰雅天蓝色的马车,小女孩小到几乎看不见,正在练习特

✦ LO STRALISCO

技表演。

"马杜勒,围城后来是怎么结束的?"

少年示意父亲坐到自己身边,这才讲起故事:

结束得有一点儿奇怪,但也很有趣。您要知道,领导围城的是拉斯帕泰王,围城三年后,他因失去耐性而生病,而且病得很重,最后就去世了。

既然国王过世了,当然没有继续围城的理由,军队本来就应该撤离。可是,继任为王的是他的儿子拉贝王子,您记得吗?就是那个派信鸽送情书给城内蒂萝公主的王子,他现在成了国王。但他不想走,因为如果离开,他就会失去公主。

可是,他也不能留下来却不打仗、不继续围城,否则他的将军无事可做会很不高兴。拉贝该怎么办呢?他偷偷在一棵枣树下和公主约会,两个人私订了终身。

第二天,国王召集了所有的将军,对他们说:"谁能阻止我放弃王位?"

国际大奖小说

"拉贝国王,没有人能阻止您。可是,我们需要继位的王储。"

"有王储。"

"在哪里?"

"在他母亲蒂萝公主的肚子里,她是我选中的妻子,美丽得有如春日的朝阳。王储再过九个月就要出生了,如果将来他知道出生在被自己将军包围的城里,你们认为他会开心吗?"

那些将军都说不出话来,围城也就因此结束了。

"这一招果然聪明。"领主微笑,"小王子出生了吗?还是生了小公主?"

"是小王子,在那里!"马杜勒指了指,"您看,他在城里最高的塔上。他的名字叫作纳库达。"

"小王子这么大了?"

"对啊,他已经十岁了。您看,他拿着望远镜,正在看星星。"

光草　100

"我看到了。可是星星在哪里呢?"

马杜勒伸出食指放在唇边,仿佛那是个天大的秘密。

"父亲,萨库玛就要画黑夜了,像草原上空那样。"少年的声音很兴奋,"天边的太阳快要下山了,夜幕降临,繁星会布满天空,这位小王子就可以看到星星了。他想看多久就看多久,因为他是王子,没人能命令他去睡觉。"

✨ LO STRALISCO

第十四章

最后一条海平线

"萨库玛,这艘船要驶向哪里?"马杜勒气息微弱地问。

白天大部分的时间,少年都倚在靠垫上,看着萨库玛工作。虽然他的病情没有再次发作,可是体力始终没有恢复,反而愈来愈虚弱。他的脸色日渐苍白,也常常喘不过气来。

"马杜勒,你记得我曾经问过你,泰雅的马车要去什么地方吗?"画家说,"你是怎么回答我的?"

"我说:'它要去很远、很远的地方。'"

103　光　草

"这艘船也要去很远、很远的地方。"

"萨库玛,可你当时还问我:'那它是往丘陵的方向走呢?还是去山的另一边?'"

"但是,海上只有海平线啊,马杜勒。"

"那艘船就是往海平线的方向前进。"少年说。

他热切地看着那艘船身微微左倾、张着黑色风帆、已经走远的海盗船。

"这条海平线后面,还有另一条海平线。"萨库玛说。

他背对着马杜勒,用画笔在船舷上点缀出一朵朵小浪花。

"我们看不到后面的那条海平线。"少年说。

"可是它确实存在。"

"马杜勒看得到吗?"

"什么?"萨库玛回过头问。

"马杜勒啊,那个站在船头桅杆上的小水手。"少年稍稍提高音量又说了一遍,"他看得到另外那条海平线,对

✦ LO STRALISCO

不对?"

"当然,他看得到。他看得到所有的海平线,而且还是第一个看到的人。"

现在,大半个白天,还有夜晚,马杜勒都在睡觉。他有时会说梦话,仿佛想要和某人或和自己解释某件事,却没办法说清楚。醒来的时候,他往往不敢相信自己竟然睡了这么久。

"老虎兹号怎么跑到那么远的地方了?要不是我早知道那是老虎兹号,恐怕还认不出来呢!"他一睁开眼就这么说道。

"这的确是老虎兹号,你看它的帆。从希腊到埃及的海面上,放眼望去,只有老虎兹号才有那样的帆。"

"现在马杜勒看到的海平线是什么样子?"

"应该和我们看到的海平线不一样。"萨库玛说,"海太大了,有许多海平线。"

"走到最后一条海平线之后,马杜勒会看到什么

呢?"

"没有最后一条海平线,"萨库玛说,"地球是圆的。永远没有最后一条海平线。"

"那就算老虎兹号不见了……我是说,当我们看不见它的时候,它在这个海平线的另一端继续航行,总有一天会再回来!"少年愈说愈大声。

"没错。迟早有一天,老虎兹号的海平线会是这一条。"萨库玛用画笔指了指房间另一面墙上还没有更动的蓝色海平线。

马杜勒很开心,他有些吃力地在靠垫上挪动,好看清楚另一面海。

"真的!"他费劲地说,"等老虎兹号绕完一圈,我们就会看到它从另一边回来。而且和以前一样,是一个小点的模样,你还记得吗?"

萨库玛放下画笔,坐在少年旁边。

"对。我们要有耐心地等它回来。不过,小点也可能是

✦ LO STRALISCO

另一艘船。在大海上航行的不是只有老虎兹号。"

两个人轻声笑了出来,一起看着空荡荡的大海。

"对,不是只有老虎兹号一艘船。"马杜勒说,"不过,即使那个点不是它,它迟早还是会出现的。"

"没错。"萨库玛说,"谁能阻挡老虎兹号呢?"

少年回头去看那变得很小、很小的海盗船往第一条海平线前进。

"真希望它跑快一点儿,"他说,"加速前进……快点儿找到它的海平线。"

萨库玛看着他。

"马杜勒,你刚刚说了一句很美的话。"

"我说了什么?"

"要老虎兹号找到自己的海平线。就像一句诗。"

"所以我是诗人喽!"

"而且是很棒的诗人。"画家点点头。

马杜勒笑了,然后担心地看着自己的大朋友。

国际大奖小说

"萨库玛,你看起来好累。"他很严肃地说,"你很苍白,也变瘦了。"

"我真的又苍白又瘦吗?看来我得去照照镜子……算了,还是不要照,我可不想吓自己。就把惊吓留给镜子好了。"

"对,你的影像等在那里,就是为了要吓你,你偏偏不去!"少年很开心,然后又低声说,"你会这么累,或许是因为我没办法帮你画画。"

"不是的。"画家说,"拿笔画画并不累。何况船开得这么快,只要再画上两三笔就好了……"

马杜勒又回过头去看右手边那片空荡荡的大海,沉默了几分钟,像在思考般地缓缓叹了一口气,然后闭上眼睛。

萨库玛伸手抚摸自己的脸,胡子长了,其中还夹杂着不少白胡子,就好像海浪拍岸后留下的痕迹。

少年再度睁开眼睛。

光 草

✦ LO STRALISCO

"万一,在世界的另一头,在一条海平线和另一条海平线之间,老虎兹号沉没了呢?"他皱着眉头,仿佛刚刚做了一个不吉祥的梦。

"是有这个可能。"萨库玛缓缓地将手从脸上移开,"老克罗斯虽然是一个经验丰富的船长,船员也很机灵可靠,船身又坚固……但还是有可能发生意外。你认为会发生吗?"

"不会。可是有人想让它沉没!"马杜勒有点儿生气。

"谁?"

"西班牙人,还有希腊人。"

"两边联手吗?可怜的老虎兹号……"

"不是联手。他们先在利比亚海岸一带被西班牙人攻击,一个月之后,又遇到了希腊人。"

"可是,克罗斯也是希腊人啊!为什么他们要攻打自己国家的人呢?难道那些人也是海盗吗?"

"你忘了那本海盗故事书里的少年是怎么说的吗?

109　光 草

他说:'海盗是所有人的敌人。'"

"不对,他说的是:'对海盗来说,全世界都是海盗。'"

"意思差不多,不是吗?"

"对,没错。然后呢,发生了什么事?"

"西班牙人的船一下子就被击沉了,因为他们打仗时喝得醉醺醺的。"

"赞美真主及先知。那希腊人呢?"

"和希腊人的战况比较惨烈。老虎兹号被炮火击中了。"

"有人伤亡吗?"

"大副普提克的脑袋瓜儿被炮弹轰掉了。"

"哦,反正他是叛徒,迟早要死的。只是罗德岛多了一个寡妇,如果我没记错的话……不对,她在二十三年前就再婚了。"

马杜勒虚弱地微微一笑。

"你知道是谁帮老虎兹号打胜仗的吗?"少年说。

"谁?"

"马杜勒。"

"他是怎么办到的?他只不过是个实习的小水手。"

"对。在和希腊打仗的时候,得有人爬到桅杆上去调整方形帆,可是希腊人的枪炮对准了那里,根本没有人爬得上去。有七个人想要尝试,结果全都摔了下来,有人掉到甲板上,有人落海了。"

"真可怜!但是马杜勒办到了?"

"对,他像猫一样敏捷。"

"可是,希腊人也会对他开枪吧?还是希腊人也喝醉了?"

"没有,希腊人也一样瞄准他开枪,不过,马杜勒可不是笨蛋。他利用桅杆当掩护,加上动作快,没有人能打中他。而且海浪很大,船晃得很厉害。"

"很好,所以他顺利调整了方形帆?"

"对,老虎兹号把帆转了个方向,用船头去撞希腊人

LO STRALISCO

的船身。希腊船员几乎都死了,因为海里有许多鲨鱼。只有三个人获救,他们后来也都当了海盗。"

"可怜的克罗斯船长!这下子又多了三张嘴要养。"

"萨库玛,只加了两张嘴。因为普提克掉了脑袋,所以少了一张嘴。"

"那些想要爬上桅杆调整船帆的人呢?不是摔死在甲板上或掉进海里了吗?"

"对啊。那些……死了两个。一个被鲨鱼吃了,另外一个摔死在甲板上。七个里面死了两个。这样就完全没有多出来的嘴了!"

"死的是哪些人呢?"

"都是些不重要的人,无名小卒,我连他们叫什么名字都不知道。如果要记得他们的名字,我得把所有人的名字都说出来。反正本来就没有人在意他们,不是吗?"

"就和停在青苔上的绿色蝴蝶一样?"

马杜勒笑了。

"所以,老虎兹号赚到了两个新海盗!"萨库玛说。

"对!"马杜勒说,"而且他们对克罗斯船长忠心耿耿,因为都是船长的同乡,其中一个还是船长的表兄弟。"

"世界真小。"萨库玛耸了耸肩膀,"那我们的小水手得到了什么奖赏呢?"

"他被升为大副。"

"这么快?会不会太年轻了?其他海盗不会嫉妒他吗?"

"没有人嫉妒他,而且也没人想当大副,因为没人愿意担负责任。可是,船上一定要有大副……我们可以假设和希腊人打仗的时候,马杜勒已经十六岁了。十六岁可以当大副了吧?"

"在老虎兹号上可以。"萨库玛说,"你累了,该……"

马杜勒打了一个手势,打断萨库玛的话:"不过,两次攻击会让船的航行速度慢下来!"

"对,会慢一点儿。幸好现在顺风,可以加快他们的速度。"

✦ LO STRALISCO

"不然,还是不要和西班牙人打仗好了。就这样,那一仗取消。"

"要是西班牙人知道,不晓得会有多高兴!"萨库玛说,"马杜勒,现在你该休息了。"

少年在靠垫上躺下来。

"等老虎兹号回来,距离我们很近的时候,我能看得到变成大副的马杜勒吗?"

"一定看得到。说不定到了那时候,他已经当上船长,很远就可以辨认出来呢!"

这是马杜勒最后一次有力气玩编故事的游戏。

国际大奖小说

第十五章

幸福的疲倦

"您看到了吗,父亲?草原睡着了。"马杜勒说。

距离最严重的那次病发已经九个月了,现在少年躺在第三个房间里一个方便移动的软榻上,他已经没办法起床了。领主常在白天来看他,有时候一整天都陪在儿子身边。

萨库玛让夏日草原慢慢地暗淡下来,茂盛的绿草改变了颜色,花朵也渐渐枯萎,然后凋落。宛如时光的波浪缓缓推进,画笔在草原上走过一回又一回,为绿地抹上了黄褐色。

✨ LO STRALISCO

"草原睡着了。"马杜勒又重复了一次,声音很坚定。

萨库玛沿着墙面作画,少年的床也不断移位,好跟随着画家的工作进度。几个大靠垫枕在马杜勒的头下,即使他睡着时也是这样,好让他更容易呼吸。他常常重复说同样的句子,仿佛一说完就遗忘了。

"草原睡着了,父亲。"

"是啊,马杜勒。"领主说,"昆虫也睡着了吗?"

"有些睡着了。有些昆虫会睡着,是因为它们的生命很短暂,到了冬天没办法留住自己美丽的翅膀,既然留不住,就送给草原了。"

"原来是这样,"葛努安说,"难怪我在草原上看不到一只蝴蝶。"

"您知道草原有什么感觉吗?"

马杜勒的视力也变差了,必须叫人把床移近才能看清楚墙面的变化。

"父亲,您知道草原有什么感觉吗?"

117 光草

"你是指草地吗?"

"对,花和草,但也包括花草以外的东西,像是土壤、动物、小石头、草根。就是草原,整个草原。您知道它有什么感觉吗?"

"你说,我听。"葛努安把头靠近儿子。

"草原感觉到一种幸福的疲倦,"少年的语气似乎在诉说一个秘密,"就像玩游戏跑了很久之后的感觉。草原也跑了很久……"

马杜勒忽然停下来。领主的头靠得很近,默默等待。

"草原跑了很久。"马杜勒继续说,"和昆虫、种子、风,一起跑了很久。它的颜色都不见了,一次次地消失,又一次次地恢复,然后……"

突然间,他又睡着了。这样的情况愈来愈频繁。

领主抬起头,坐直身子,沉默地看着萨库玛的背影。萨库玛仍然在继续作画。

少年的睡眠很短暂,不久又醒了过来,仿佛刚才的

入睡只是呼吸与呼吸之间的休止符而已。他继续说话。

"草原没有天与地的差别。"马杜勒说。

"马杜勒,这是什么意思?"领主再次弯下身。

"它不认为根一定是长在土地里,茎一定是往天空伸展。"马杜勒说,"它感觉不到内和外,您懂吗?"

领主默不作声。

"父亲,您看。"少年指了指四周,"您看,草原的根生长在土地的天空中,草原的花其实是生长在天空中的根。"

他张开手,遮住远处墙上的画。

"花是生长在天空中的根。动物们来来去去,既在里面,也在外面,踩着地进来,又从天空离开。草原守护着这些进进出出的动物。草原感觉到大家,守护着大家。"

葛努安握起儿子的手亲吻着。

"萨库玛说得没错。儿子,你是诗人。"

马杜勒笑了。

☆ LO STRALISCO

"草原才是诗人。"说完,他又睡着了。

萨库玛更换了画笔和颜料,再度回到草原中进行修改。花草之间的空隙加大了,许多茎都折断了,花朵化为尘埃,草原上除了残余的枯草,也看得见灰褐色的大地。

葛努安并未和画家说话,画家也没和他交谈。当父亲走进儿子的房间时,两个人会微微躬身,互相致意。少年沉睡时,萨库玛有时候会离开,但不会走远,回来时也只是默默拿起画笔,继续工作。马杜勒的生活起居现在都由年迈的阿莉卡负责,领主和萨库玛从旁协助。

"父亲,您还想和我说话吗?"马杜勒问道。

"如果你想说的话。"

少年非常认真地凝视着父亲。沉默片刻以后,他说:"父亲,我非常爱您。"

"儿子,我也非常爱你。"

"我非常爱萨库玛。"

"我也是。"葛努安微笑着说。

国际大奖小说

马杜勒也微笑着。

"他真的很厉害,对不对?"他说。

"可能是全世界最厉害的。"父亲回答。

"我认为这片草原是他最美的作品。"马杜勒微微皱起了眉头。

"比他画的山和海都美吗?"

"对,美多了。"

"你是专家,一定不会说错。"

他们说得很小声,比少年能用的声音更小,似乎不想让萨库玛听到。

父子两人又说了一些话,然后是久久的沉默。

"马杜勒,光草也睡了吗?"领主低声问。

"当然。您看,整个草原都睡了。光草偶尔会从睡梦中睁开眼睛,那它所看见的,不就和我们睡觉时做梦一样吗?"

"所以在冬天的夜里,光草就不发光吗?"葛努安回

光 草

LO STRALISCO

头看着一片死气沉沉的草原。

"还有星星啊,父亲。"马杜勒说。

葛努安低头望着放在膝上的那双手,他幽幽地说:"星星很远,光草很近。"

"父亲,是这样吗?"马杜勒微微抬起头看着他的父亲,"您不认为它们是一样的吗?您不……"

葛努安注视着话说到一半的儿子。少年头靠在枕头上,因为讲太多话而缓缓喘着气。

"它们是一样的吗?"领主问。

"对,父亲,是一样的。"

国际大奖小说

第十六章

尾 声

马杜勒过世的时候,宅第和全村的人哭了很多天。领主派人请萨库玛过来。

"现在你是我的兄弟,"他说,"我的家就是你的家,我的财产就是你的财产。如果你不想留在这里,你可以带走我一半的财富,黄金、宝石、香料和绸缎,通通都可以。"

萨库玛深深一鞠躬。他的胡子几乎全白了,在马杜勒房间里工作的那最后几个月,让他的皮肤变得苍白,眼角也浮现出细细的皱纹。

✦ LO STRALISCO

"领主大人,我已经拥有了您一半的财富,"他说,"您称呼我'兄弟'就已经足够。我只请求您给我一匹年轻的马,我骑来的那匹老马恐怕无法再承受在山区行走的辛苦。"

领主苦口婆心,还是无法说动萨库玛接受他的财富和礼物。

几天后,萨库玛骑着一匹骏马,独自离开了宅第和村庄。来到山谷的出口处,就在纳克图玛即将消失在眼前的地方,萨库玛下马,捡了一些枯树枝,把画箱放在树枝上,然后点火。他坐在那里,看着木头燃烧的白烟在灰褐色的岩石间袅袅散去,看着摇摆的火焰幻化出不同寻常的色彩。

等一切化为灰烬,萨库玛看了纳克图玛最后一眼后,跨上了马鞍。

两天后,萨库玛回到了马拉提亚城,大家几乎都认不出他来。许多人问他为什么离家这么久,萨库玛只回

答说是为了一个很费时的工作,其他的就不肯再多说了。

画家回来的消息很快就传了开来,许多人纷纷找上门,请他去画狩猎、出浴、花鸟之类的画。在拒绝了十多个人,而又不肯说明原因之后,萨库玛卖掉了房子,和朋友们做最后一次道别。

"你离开这么久,怎么才回来又要走?"

萨库玛微笑着,默默拥抱了朋友们。

他再度出发,走了三个星期,穿过山区,沿着杰伊汉河前进,经过阿达纳和伊切尔,走过奔腾的郭克苏河口,来到海边。那里有一个小村落,散布在巨如大象的岩石之间。

萨库玛在离村子不远的地方买了一间小房子。小房子看起来很像周围的岩石,而且距离海岸只有几步之遥。

他在寂静中,听着海浪拍岸的声音,日夜不歇。

　　萨库玛慢慢认识了村子里的人,也交了几个朋友,他们会一起喝茶,一起做菜,闲话家常。

　　从此以后,萨库玛改行当渔夫,过着与世无争的生活。

LO STRALISCO 作者简介

罗伯托·普密尼
Roberto Piumini

意大利知名儿童文学作家和儿童电视、广播节目制作人。1947年出生于意大利北部。自米兰大学教育学系毕业后,曾担任中学老师,也参与剧场演出。他从1978年起开始写作,出版童话、短篇及长篇小说、诗集,并从事音乐剧、短片与动画剧本创作等工作。他对儿童文学的关注与贡献十分多元,作品曾经多次获得意大利儿童文学奖项,包括安徒生童话文学奖和辰托儿童文学奖。作品被译成多国文字,在美国、日本与欧洲各国广获好评。

LO STRALISCO 译者简介

倪安宇

倪安宇，旅居意大利威尼斯近十年，曾任威尼斯大学中文系口笔译组、辅仁大学意大利文系专任讲师，现专职文字工作。译有《马可瓦多》、《白天的猫头鹰／一个简单的故事》、《依随你心》、《虚构的笔记本》、《魔法外套》、《巴黎隐士》、《在你说"喂"以前》、《智慧女神的魔法袋》、《跟着达尔文去旅行》等。

LO STRALISCO 书评

筑梦人生

张子樟/著名青少年阅读推广人

优秀的画家在创作时,应是随着奇特想象力在奔驰,而不受外来因素的制约,只能在有限的空间挥洒。但如果遭逢特殊状况,必须以"主题先行"方式作画时,画家要如何调整,才能既合乎客人所托,又不违反一向坚持的创作原则?画家萨库玛就面临了这样的情境。

萨库玛是位通情达理的画家,擅长画风景画,懂得巧妙安排形状与色泽,创造世所罕见、巧夺天工的景色。他在葛努安领主的诚挚力邀下,答应为得了怪病、不能接触阳光和尘埃的领主十一岁独子马杜勒工作,要用绘画及色彩装饰三个房间的墙壁。

经过短暂的相处后,萨库玛十分喜欢马杜勒。他一边听马杜勒讲故事,一边构思画面。马杜勒描述了书中看到的景色、父亲或侍女所讲的故事以及自己幻想的奇

国际大奖小说

妙世界。萨库玛了解他对大自然的向往,便告诉他,要画的每片风景都是一个自然演变的世界。于是,一座座的山成形,颜色缤纷多变,包含许多有趣的故事;然后海出现了,自由自在的鱼和每日逐渐变得清晰的海盗船——呈现在画面上。

马杜勒的病复发后,身体日渐衰弱。他要求在墙壁上画出洋溢着生命喜悦的春天草原。同时,萨库玛开始教他在草原上画些小花、蝴蝶。一日,他画上像金黄色细穗的光草,这是一种在晴朗夜晚如萤火虫般闪耀的植物。萨库玛便设法在墙上画了数百株绽放金色光芒的细穗,达成他的愿望。两人还合作画出画面剩余的生命舞台,重新诠释了画中的一切。

等画到草原睡着了,花朵枯萎、色泽灰暗时,马杜勒亲口告诉父亲:草原累了,色彩不见了,但消失后会再恢复。最钟爱的光草也睡着了,星星取代了它们的闪耀。他隐喻自己有如短暂闪烁的光草,迟早会被星星所取代,以此向父亲告别。

马杜勒得了怪病,被拘束于有限的空间,但凭借阅读书籍与作画,他慢慢领悟到外在世界的一切。萨库玛为他打开另一扇生命之窗。多病的躯体限制了他的活动

光草

☆ LO STRALISCO

空间,却无法阻止他的想象力在宽阔时空里奔驰飞扬,营造出万花筒般的生命之梦。他虚构出象征生命余晖的光草,并向往着光草在夜晚闪耀的画面。在父亲无尽的怜爱中,这位早熟的孩子认命地安安静静走完一生,让读者动容,并为之哀伤不已。

萨库玛在与马杜勒相处的一年多里,经历了生命中最大的冲击。他目睹一个令人怜爱、懂事的少年与病魔长期斗争,生命的荣枯给他带来巨大的震撼,同时使他质疑生命的真谛以及自己作画的目的。他无牵无挂,早就把马杜勒当作儿子,所以领主在马杜勒过世后,要他带走一半财富,他回答说:"我已经拥有了您一半的财富。"在他看来,尘世的一切俗物都毫无意义,所以他离开纳克图玛后,在山谷出口烧了画具,从此不再作画。他领悟到生命的无常与残酷;他洞察人生,不再为世间欲望所诱惑;他宁愿隐居于陌生的渔村,不愿再为俗务所羁绊。

在缓慢且略带伤感的叙述中,读者能从中领会到自然景色的奇美和多变,以及山水之间世人的悲欢离合。如果进一步思索,本文的含义似乎并不是如此简单。我们发现,作者尝试以画中自然景观里活动的人与动物,

133 光 草

阐释万物消长的道理。萨库玛几次骑马在宅第附近一边漫游,一边沉思,不难看出,他并非为了观察生物的存亡状态,来添加在墙上作画的内容,而是企图靠着这些漫游观察,疏解深藏于心的哀郁和无奈。他亲眼看着马杜勒日益衰败的躯体,却找不到挽救的方法,自己也只能哀叹天地不仁。

作者罗伯托·普密尼是意大利知名的儿童文学作家。他以诗般的文字构筑了一篇鲜活动人的故事。全书虽触及死亡,却不令人惊惶。细察的构思和缓慢有序的叙述更凝重了故事的渲染力,使得读者随着他的魔笔为马杜勒的不幸命运洒下同情之泪。他认为,死亡是一种凄美的自然现象,只有坦然接受,才能化解不必要的伤痛。他的另一部作品《马提与祖父》也传达了同样的态度。

除了抽象的文字之外,读者也不应忽略那些提升全书可读性的精美线条与鲜明色彩组成的插图。这些插图也间接拓宽了读者的想象空间。

☆ LO STRALISCO

《光 草》

班级读书会教学设计

周其星 / 儿童阅读推广人

【作品赏析】

这是一个恢弘的故事。

说它恢弘,是因为故事里的人物合力创作了一幅浩大壮阔的神奇画面,占据了好几个房间的所有墙壁。

这又是一个充满智慧和想象力的故事。在故事里你随时都能遇见谦卑而充满真诚的对话,你能亲眼目睹一座山,一座小城,一汪海洋,一片草原……在画家笔下,在主人公们你一言我一语的对话中慢慢诞生。

这是一个男孩的悲情故事,读着读着,你会哭会笑会像个小傻瓜。你见证了他在病中挣扎,笑容却依然那么灿烂。然后看他的生命渐渐消亡,而笑容就像那株光草,一直闪着光。

国际大奖小说

这又是一个画家的故事。他努力带给这个男孩子一个他无法亲历的世界，那里有高山有城堡有海洋有草原，有王子和公主的爱情故事，有海盗船的奇妙历险，可最终他并不能改变男孩的命运。画依旧在，男孩却烟消云散。白了发的画家，决定永远住在海边，做一个渔夫。

要读懂这个故事，首先，你要理清故事中的人物关系。

其实很简单，故事里的人物很少，就是领主葛努安，生病少年马杜勒和画家萨库玛。

情节也简单，少年马杜勒得了一种怪病，不能见光，不能接触灰尘，只能待在家里无法外出。疼爱他的父亲葛努安答应送给他一个非同一般的生日礼物——请来画家萨库玛，用他的生花妙笔，在四周的墙壁上为马杜勒创造了一个神奇的异想世界。他们共同创造的光草，就是一株能带来希望的生命草。

在这个故事里，你能看到一个脆弱而让人心怜的幼小生命如何被催发，被激动，然后舒展开来。你能看到人们对生活对生命小心翼翼的爱，你能看到希望、勇气、想象，如美丽的童话一般展现在你眼前。

或许，你还能看到别的什么，那就为这个故事赋予

光 草　136

✦ LO STRALISCO

了你自己的光彩，这就是你读这本书的价值所在。

【话题讨论】

1. 你觉得领主葛努安专门聘请萨库玛的理由是什么？

2. 马杜勒本来要萨库玛和他一起看书中的插画再作画，可为什么萨库玛宁可选择听他的描述来画？

3. 画家说："我们要画出全世界，就得按照世界运行的逻辑，要用自然的方法一个个地画，不能混淆，不能像书页那样被风吹乱或撕破。这样一来，你在观看时，才会像正常的游人一样，从一片风景进入另一片风景，不会显得突兀。"你怎么理解画家的这段话？

4. "至于您承诺我的财富，我要说的是，一个画家只有一张嘴可以吃东西，一个肚子需要填饱。一个长时间看着土地、树木、天光变幻的人，不需要其他的财富。"你怎么理解这段话，又是如何看待财富这个话题呢？

5. 还记得马杜勒让萨库玛先画什么吗？山！对，从此画面从无到有慢慢延展开来了。这是一幅有故事的画，一幅会逐渐生长慢慢完成的画。萨库玛仅仅是在陪马杜勒画画吗？他究竟带给了马杜勒些什么？而马杜勒又做

了些什么?

6.在和萨库玛一起画画的过程中,那些被描绘出来的故事和景物,都是从哪里来的呢?试着给这幅恢弘的画取个名字吧!

7.你能描述下光草吗?你觉得用《光草》来命名这本书用意何在?

8.马杜勒的父亲和画家对他都怀有深沉的爱,两个人对爱的表达方式也有所不同,你能做个比较吗?如果可以选择,你愿意让谁做你的父亲?为什么?

【拓展延伸】

1.表演秀一秀

在绘画的过程中,画家萨库玛和马杜勒有很多对话,可以用角色扮演的方式来演绎,即兴来一段吧!

2.伶牙俐齿辩一辩

故事的结尾,萨库玛拒绝了领主给予一半财产的奖赏,毅然决然地回到自己的老家,住在一处海边的房子里,改行做了渔夫。你认同他的这个选择吗?做一名画家好,还是做一位渔夫好?哪个结局更合适?读过这本书的小朋友,一起来辩一辩吧!